AF140586

Nagy Júlia

A kutyás lány

novum pro

Ez a könyv
e-könyvként
is elérhető

© 2025 novum publishing gmbh
Rathausgasse 73, A-7311 Neckenmarkt
kiado@novumpublishing.hu

Minden jog fenntartva,
beleértve a mű film,
rádió és televízió, fotómechanikai
kiadását, hanghordozón és elektronikus
adathordozón való forgalmazását,
valamint kivonat megjelentetését, illetve
az utánnyomását is.

Nyomtatva az Európai Unióban
környezetbarát, klór- és savmentes,
fehérített papírra.

ISBN 978-3-7116-0580-1
Lektor: Sósné Karácsonyi Mária
Borító, tördelés & nyomda:
novum publishing

www.novumpublishing.hu

Print product with financial
climate contribution
ClimatePartner.com/16547-2311-1001

Tartalomjegyzék

I. fejezet

A mai világ ontja magából a művészeket. Mindenféle művészt. Sokféle szakmából. Persze ahhoz, hogy valaki bármit is elérjen egy művészeti szakmában, különlegesnek kell lennie. Nem csak tehetséges ember lehet sikeres művész, hanem akár egy olyan is, aki nem rendelkezik tehetséggel ahhoz, amiben sikeres lett. A következőkben pont egy olyan emberről fogok írni. Lengyelországból kevesen jutnak el a hollywoodi csillogásig. Legalább is kevés ilyesfajta dologról lehet olvasni mostanában. Mégis, az én mesém egy lengyel származású fiatal zseniről szól, aki megérdemel néhány oldalnyi figyelmet. Emilia Zajacnak hívták, és Krakkóban született, az óvárostól nem messze, a városi kórházban. A szülei és az egyszem testvére, aki négy évvel volt nála idősebb, már nagyon várták az új kis jövevény érkeztét.

Kicsi voltam, koraszülött, és üvöltöttem, ahogyan a torkomon kifért. Legalábbis édesanyámék ezt mesélték a születésem körülményeiről. Sok időt töltöttem inkubátorban, és apám elmondásából már azt is tudtam, hogy hihetetlenül makacs egy teremtés voltam. Addig reklamáltam, kiabálva a magamét, amíg meg nem kaptam, amit akartam. Ám ez csak gyermekkoromban volt így, mára már azért le tudok mondani dolgokról. A történetem valójában – legalábbis szerintem – egy átlagos lányé, aki nem mindennapi feladatok végrehajtásával került be a köztudatba. Félre ne értsetek, sokat kellett dolgoznom érte, és azzal honorálták, hogy Hollywood egyik legfoglalkoztatottabb zeneszerzője lettem. Ám ez nem hullt az ölembe csak úgy, és le kellett érte mondanom dolgokról.

De eddig még nem beszéltem arról, hogy is ragadt rám a „kutyás lány" becenév, így hát bele is vágok. Azt már tudjátok, hogy a szüleim és a testvérem legnagyobb örömére jöttem a világra. Előbbiek a lengyel értelmiségi réteghez tartoztak, mindketten tanítottak. Egyikük operaénekesként magánének–órákat adott a krakkói Zeneakadémia diákjainak, és mivel édesapám volt a férfi, neki jutott az oroszlánrész: a katonai kadétképző központ kiképző tisztje volt. Sejtem, mit gondolhattok: biztosan katonás fegyelemben neveltek engem is meg a bátyámat is. Hát, ami azt illeti, édesapám megegyezett édesanyámmal még a születésünk előtt, hogy apa a munkahelyén hagyja a katonaságot, és soha nem lesz szigorú, csak ha szükséges. Így aztán izgalmakkal és sok–sok vidámsággal teli gyermekkorom volt. Sok minden érdekelt, és voltak olyan hobbik, amikből talán még meg is tudtam volna élni, de elsikkadtak. Az iskolai, illetve kisiskolai évek lettek a tehetségbörze. Annyi mindent szerettem csinálni, hogy anyáék nem tudtak dönteni, mire is írassanak be. Így aztán be voltam táblázva, mindennap volt valami délutáni elfoglaltság. Szóval nem unatkoztam már az iskola kezdetén sem. Még hegedülni is beírattak a zeneiskolába, amit sokat, lelkiismeretesen és kitartóan gyakoroltam. Ennek persze meglett a gyümölcse. Hegedű Zseninek neveztek, mert bár gyakoroltam, mégis gyorsan tanultam a kottaolvasást, és így hamar meg is tanultam, amit a tanárom feladott nekem egyik óráról a másikra. Szerettem a zenét.

Ahogy nőttem, úgy szerettem meg minden műfaját, bár a durva rockzene azért sosem volt az én világom. A tehetségem a hegedűhöz azért nem azonnal alakult ki: csak érdekelt a zene, így szívtam magamba. Fejlődésem a tanárom dicsősége lett, aki végül azt javasolta a szüleimnek egy koncert után, hogy érdeklődjenek a Zeneművészeti Egyetemen a fiatal tehetségek osztálya iránt, és ha felvételt hirdetnek, akkor felkészít engem. Csak az legyen a cél, hogy a tehetségem ne sikkadjon el. A gimnáziumot éppen hogy elkezdtem, amikor megvolt a felvételi. Tizennégy éves voltam, amikor bekerültem a Zeneművészeti Egyetem junior osztályába. Hétközben a gimnáziumi tananyag, zeneóra és gyakorlás, hétvégén egyetemi tanulmányok. Addigra más elfoglaltságokról, amiket korábban csináltam – mint a táncóra vagy rajz –, már lemondtam. Csak a zene érdekelt, illetve a színház és a filmek lettek a pihenésem. Minden hónapban jártunk színházba a családdal, így annak szeretetét is szívtam magamba.

A sok tanulás mellett nem nagyon volt időm barátokkal találkozni, mivel nem volt szabadidőm, de azért voltak barátaim. Az első és legszorosabb barátságot egy nálam egy évvel idősebb fiúval kötöttem. A gimnáziumban felettem járt egy évvel, de hogy támogassam a szüleim kiadásait, néha segítettem nekik. Édesapám találékonysága révén vállaltam egy kis munkát, és mivel kicsi korom óta szerettem a kutyákat, hát apa kiragasztott a városban néhány hirdetést, hogy sétáltatást és felügyeletet vállalok hétvégente, tanulás után. Így aztán úgy alakult, hogy pont annak a fiúnak az édesanyja hívta fel édesanyámat, akivel már az iskolában is kerülgettük egymást.

Az első alkalommal izgalommal telve indultam el a kiskutyáért. Anyukám megegyezett a tulajdonossal, hogy míg az állat nem ismer meg – persze még gyermeknek számítottam –, a fia elkísér minket. Ő volt Lukasz Jablonszkij. Ugyan csak tizenhét éves volt, de már akkor is jóvágású fiúnak számított az iskolában, ennek ellenére visszafogott és komoly volt. Nem sokat lehetett róla hallani, tehát nem volt az a fajta, aki a társaság központja volna. Mondanom sem kell, hogy tartottam tőle. Magának valónak és unalmasnak néztem, de kiderült, hogy valójában egyik sem, csak érettebb gondolkodású, mint a vele egykorú fiúk. Ez persze nem volt szimpatikus a kortársainak, így magányos lett és gúnyolódás céltáblájává vált. Visszatérve arra a szombat délutánra, már várt rám a házuk kapujában a kutyussal együtt. Hevesen verdeső szívvel lépkedtem feléjük. Éreztem a vizslató pillantását, amint befordultam a sarkon, de én csak akkor néztem meg igazán, mikor közelebb értem hozzá. Sötétbarna, rövid haja volt, és sötét szeme. Sportos alkatú volt, és tudtam, hogy az iskolai atlétikacsapat tagja.

– Lukasz Jablonszkij, igaz? – kérdeztem tőle, mikor közelebb értem.

– Te lehetsz az új felvigyázó.

– Emilia Zajac, igen. – Itt a fiú kezét nyújtotta felém, amit ódzkodva ugyan, de elfogadtam. A kutyus eddig békésen, csendben tűrte, hogy nem vettünk róla tudomást, de most vad ugatással tudatta, hogy ő is jelen van.

– El is felejtettem, ez a kis mitugrász itt Bob. Mint látod, nagyon türelmetlen, és mivel én vagyok a kísérőtök – bár volna más dolgom is –, azt javaslom, induljunk.

Mivel az időpont kedvezett egy sétának, hát elindultunk. Először tárgyilagosan mindent elmondott nekem Bob szokásairól és arról, hogy miket szeret csinálni. Még a napirendjét is elmesélte. Figyelmesen hallgattam, ügyeltem rá, hogy meg is jegyezzem. Aztán mikor már kifogyott a szavakból, hallgattunk. A Blonia felé indultunk, ami Krakkó külvárosában helyezkedett el. Nem volt messze, mivel mi is külvárosban éltünk. Az a hatalmas park tökéletes játszóteret nyújtott Bobnak. Lukasz szinte azonnal elengedte, levéve róla a pórázt, de a kutyus nem távolodott vagy szaladt el tőlünk, hanem helyette tüzetesen vizsgálni kezdett. Először a lábfejemet, a cipőmet, majd a nadrágomat is végigszaglászta, és csak azután engedte, hogy megsimogassam. Csak álltunk szótlanul a park szélén, és figyeltük Bobot. Aztán mikor a kutyus elindult, mi is elindultunk utána. Lassan sétáltunk, mindketten a parkot figyelve, végül Lukasz megtörte a csendet:

– Sokszor látlak magányosan ücsörögni az udvaron, vagy egyedül sétálni a folyosón, Emilia. Mindig gondolkoztam rajta, miért van ez így.

Meglepett a mondandója. Való igaz, hogy a sok munka és tanulás mellett magányos voltam és nem voltak barátaim, de azért sosem panaszkodtam. Az meg, hogy észrevett egyáltalán a folyosón, valahol mélyen érintett.

– Sokat tanulok – mondtam neki válaszul egyszerűen.

– Ahogy én is, de azért mindig van időm barátokra. Az osztálytársaid között is biztos van, akivel jól kijössz.

– Nem azért nincsenek barátaim, mert nem barátkozom, csak a gimnázium és a zeneművészeti egyetem mellett nincs túl sok időm.

Most rajta volt a sor, hogy meglepődjön.

– Ilyen fiatalon már a zeneművészeti egyetemre jársz? Azt mégis hogyan, ha csak két évvel vagy fiatalabb nálam? – bámult rám majdnem tátott szájjal, és tudtam, hogy ezt nem üthetem el egy egyszerű magyarázattal.

– Először is, honnan tudod, hogy két évvel vagyok fiatalabb? Másodszor, nem illik egy hölgy korát firtatni, harmadszor pedig a junior osztályba járok, de ha azt elvégzem, hegedűművész és zeneszerző szeretnék lenni. Amikor befejeztem a mondatot, leguggolt Bobhoz, aki akkor tért vissza hozzánk.

– Hallod ezt, öregfiú? A bébiszittered egyetemi diák, de még érettségije sincs. Zseni lehet, vagy mi.

A mondatra felnevettem, tisztán és örömtelin.

– Jól mondja a gazdád, Bob. Azt hiszem, igaza van. Csodabogár lehetek, akárcsak ő.

A kutyus erre vidáman ugatni kezdett. Lukasz is csatlakozott a párosunkhoz, így végre a vidám, mosolygós énjét is megmutatta. Amikor végre mind abba tudtuk hagyni a nevetést, körbejártuk a parkot. Most beszélgetőpartnerem került porondra. Tudtam, ő sem az a túl barátkozós típus, de hamar megnyílt nekem. Mesélt; már nem volt annyira merev, mint mikor elindultunk. Lassan, de elkezdett megbízni bennem. Kiderült, hogy neki sem volt annyira fényes a baráti köre, sőt egy igazi barátja sem volt. Megértettem, mert már tudta, hogy én is hasonló cipőben járok. Mesélt magáról – önként kezdte el, nem is kellett kérdezni. Míg nekem szerencsére ott volt a bátyám, Jan, addig neki húgai voltak – kettő is –, velük pedig kevéssé jött ki. Az iskolában is jó tanuló volt, szerette a tudományokat. Vonzotta a csillagászat és persze a történelem, de sok más is érdekelte. A sok olvasás miatt tájékozott volt a világ dolgaiban, ami még magányosabbá tette, hiszen a környezete okostojásnak tartotta. Amíg beszélt, alkalmam nyílt jobban szemügyre venni Lukasz arcát. A haja a homlokába lógott, barna szemei értelemtől csillogtak. Az orra hegyes volt, az arca kicsit beesett és markáns. Közelről még csinosabb volt, mint első pillantásra, de tudtam, hogy nem azért vagyok itt, hogy álmodozzak. Reméltem, hogy a beszélgetés a következő alkalommal megismétlődik.

Sokat, szinte egész séta alatt beszélgettünk. Vidáman és kötetlenül. Kezdtem úgy érezni, hogy nem vagyok egyedül a világban végre és megért valaki, de ugyanezt láttam Lukaszon is. Bob pedig egyszerűen és gyorsan elfogadott. A parkból egyenesen a házukhoz indultunk. Mikor Bobnak már lógott a nyelve és kirohangálta magát, a ház elé érve azért illedelmesen leült mellém és megvárta, míg elköszönünk egymástól.

– Nos, mindent megtudtam Bobról, amit kellett, de azért remélem, legközelebb is eljössz velünk és nem ijesztettelek meg – mondtam kissé bizonytalanul, mire Lukasz elmosolyodott a béna megfogalmazáson.

– Szerintem nem tudnál megijeszteni, ha nagyon próbálkoznál sem. Ha szeretnéd, addig jövök veletek, míg Bob teljesen meg nem bízik benned, bár úgy látom, kezd téged megkedvelni, Emilia.

– Én is kezdem megszeretni ezt a kis mitugrászt.

– Akkor jössz érte minden héten? Mit mondjak édesanyámnak?

– Mondd nyugodtan, hogy vállalom.

– Azért leírom neked a telefonszámomat, ha valami változás adódna, elérj – azzal előhúzott a pulóvere zsebéből egy noteszt, egy ceruzával ráfirkantotta a számot, majd kitépte a lapot a füzetből és felém nyújtotta.

– Köszönöm szépen. – Elvettem tőle a cetlit, a nadrágzsebembe raktam, majd lehajoltam Bobhoz és megvakartam a füle tövét. – Fogadj szót a gazdinak, míg nem találkozunk, és vigyázz rá, rendben? Legyél te a támasza, ha gondja van, kishaver, oké?

Bob értelmes szemével nézett rám, majd egyet vakkantott, amit betudtam egy igennek.

– Helyes. Vigyázz, a szavadon foglak!

Újra felálltam és Lukaszhoz fordultam, aki minket figyelt.

– Akkor én megyek haza, még van egy kevés tanulnivalóm.

– Persze, menj csak, úgyis találkozunk; ha máshol nem, a suliban.

– Hát persze – intettem nekik, majd megfordultam és az utcának abba az irányába fordultam, amerre haza vitt az utam. Tudtam, hogy míg el nem tűnök Lukasz szeme elől a sarkon, addig figyelni fog. Ugyanakkor azt is tudtam, hogy nemsokára újra találkozni fogunk.

II. fejezet

Minden héten mindennap hasonló dolgok történtek velem. Gimi, hegedűóra, egyetem. Hétvégén csak délután voltam szabad, ami eddig nem is okozott gondot. Csakhogy hirtelen tényleg kevés lett a szabadidőm. Nem azért, mert többet gyakoroltam, vagy mert több lett a tanulnivalóm, hanem mert lett egy barátom, akivel minden percemet, ami szabad volt, szívesebben töltöttem, mint bármi mást csinálni. Először csak az udvaron töltött szünetben köszöntünk egymásra Lukasszal, aztán már az ebédlőben is együtt voltunk. Ebédeltünk, beszélgettünk és mindkettőnknek jó kedve kerekedett a másik társaságától. Minden egyes nap beszéltünk, ha nem személyesen, akkor inkább az interneten. A telefonszámát nagy becsben tartottam, de csak vészhelyzet esetére. Mindent neten beszéltünk meg, és megállapodtunk abban, hogy a telefon csak végszükség, ha nem tudnánk találkozni vagy beszélni, egyéb módon elérni egymást. Folyamatosan és fokozatosan ismerkedtünk meg egymással. Persze hétvégén, mikor Bob miatt mentem hozzájuk, mindig eljött velünk. Végre tudtam, mit jelent, amikor van egy barát, akire mindenben számíthatok, és ugyanezt láttam rajta is. Iszonyú sokat nevettünk; Lukasz kihozta a bennem rekedt tartalék energiákat. Cserébe én igyekeztem biztatni, amiben bizonytalan volt, és nem hagytam, hogy sokat szomorkodjon. Merthogy szomorkodott. Igyekezett nem mutatni, de Bob sokszor némán is jelezte számomra. Nem egy közös séta alatt ugrálta körül a fiút ugatva és szűkölve, hogy mondja már a gondját. Jól emlékezett rá, mit kértem tőle az első találkozásunkkor, és a kutya híven teljesítette is a kötelességét. Igaz, hogy Lukasz nem mondta el mindig, hogy mi bántja, de azért próbált velem őszintén beszélni. Zárkózott és szerény fiú lévén nehezen beszélt az érzéseiről vagy a vágyairól. Sok dologról tudtunk gátlás nélkül beszélni, de az érzéseinket mindig kerültük. Én azt gondoltam, nem terhelem a gondjaimmal, mert neki is megvannak a saját problémái, de éreztem, hogy azok a beszélgetéseink, amiket folytattunk, gyógyszer számára. Tényleg sokat bántották, amit tudtam; célpont volt, mégsem beszélt róla. Csak, ha már nagyon nehezen bírta a terhét.

Általában az udvaron találkoztunk először, mindennap ugyanott. Volt egy saját padunk, mindig amellett ücsörögtünk, végigbeszélgetve a szünetet. Csakhogy a tavaszi szünet előtti hét egyik napján az egyik osztálytársa néhány társával csúnyán beszólt nekem, és verekedés lett belőle. Éppen a hétvégi feladatokat beszéltük meg, mikor megálltak mellettünk.

– Nézzétek csak, Jablonszkij szerzett magának egy barátnőt. Valószínűleg nem lehet százas, ha ezzel a csődtömeggel kooperál – állapította meg az egyikük.

– Ja, csődtömeg, most is biztos csak a hülye hóbortjaival tömi a kiscsaj fejét.

– A csaj sem lehet okosabb, ha hallgatja.

Erre a mondatra mind felröhögtek.

– Mi olyan vicces, fiúk? Tán nem tetszik valami? Nincs olyan barátotok, akinek minden bajotokat kipanaszkodhatjátok? Mert ha így van, akkor csak féltékenyek vagytok, de nem haraptok.

– Nézd már, a kiscsajnak jár a szája! Mi van, Jablonszkij, neki kell megvédenie téged?

Lukasz eddig csak ült mellettem, nem szólt semmit, de ez most betett neki. Hirtelen felállt, és minden teketória nélkül nekiment az előtte álló fiúnak, aki nem mellesleg nagyobb és testesebb volt nála. Ledöntötte a lábáról és behúzott neki egy párszor, talán még meg is rúgta, de a fiú sem volt rest. Gyorsan fordított a helyzeten, és nekem csak akkor jutott eszembe, hogy közbelépjek. Megpróbálkoztam vele, hogy lelökjem róla az osztálytársát, de esélyem sem volt. A másik kettő, akik eddig figyelték az eseményeket, beavatkoztak és lefogtak, hogy ne tudjak közelebb menni Lukaszhoz.

– Hagyjátok abba! – kiabáltam. – Elég volt! Ne bántsátok!

Kevés volt a kiabálás: a nagydarab fiú addig ütötte Lukaszt, míg két tanárunk nem jött és közbeavatkozott. Az egyik leszedte a nagydarabot, a másik felsegítette Lukaszt a földről, és faggatni kezdte. A két másik fiú pedig azonnal elengedett. Oda akartam menni hozzá, hogy megnézzem, mi van vele, de az a férfitanár, aki lerángatta a nagydarabot a barátomról, megállított:

– Mégis mi történt, kisasszony? Maga itt volt, látta.

– A fiúk becsmérelni kezdtek, amit Lukasz nem bírt hallgatni.

– Szóval a fiúk kezdték, de a verekedés nem az ő bűnük.

– Nem.

– Ne haragudjon, kisasszony, de arra kérném, hogy jöjjön velem, mint tanú.

Kiszáradt a szám, egyszerűen nyelnem kellett. Lukasz elindult, én pedig besoroltam mellé a két tanár kíséretében. Így indultunk el a tanári szoba felé csendben. Mentemben Lukaszra pillantottam, és rögtön feltűnt, hogy a bal szeme alatt lila folt éktelenkedik. A szája is vérezhetett, mert észrevettem egy vérfoltot a pulóvere ujján. Nemsokára felértünk az emeleten lévő irodához. A tanáraink betereltek minket az ajtón, és az igazgató elé citáltak mindhármunkat.

Az igazgató úr mindenkit szépen sorban meghallgatott. Én voltam az utolsó. Elmondtam mindent, amit csak láttam. Igyekeztem úgy elmondani, ahogy volt. Az igazgató úr megbüntette őket. Lukasz, mintadiák lévén, első intőjét szerezte be, ami miatt az igazgató úr szomorú is volt. Iskola után már nem is láttam, de tudtam, hol van a búvóhelye. Hazamentem, de mivel nem mentem aznap hegedűórára, hát leraktam a táskámat otthon és szóltam a szüleimnek, hogy meglátogatom Bobot. Igaz, keveset meséltem nekik Lukasszal való barátságomról, de tudták, hogy beszélünk, így elindultam hozzájuk. Gyorsan kellett szednem a lábamat, mielőtt megnyílnak az ég csatornái és esni kezd. Becsöngettem a ház ajtaján, és Mrs. Jablonszkij azonnal ki is nyitotta:

– Jó napot, Maria néni. Bobhoz jöttem.

– Persze, Emilia, gyere be.

Amikor beléptem az előszobába, levettem a kabátot, a cipőt, és beljebb léptem az előszobából. Bob azonnal kiszaladt hozzám, de én csak futólag üdvözöltem, mert körbe kellett néznem a helyiségekben. Egyszerűen olyan szép és modern volt, hogy fogva tartotta a pillantásomat. Minden szép és színes volt. Látszott, hogy jól élnek. Mintha egy palotába léptem volna be. A falakon képek lógtak, a nappali tágas volt és modern berendezésű. Átellenben a nappalival egy lépcsősor vezetett fel az emeletre. Leguggoltam a kutyushoz, majd halkan megjegyeztem neki:

– Nincsen kedved sétálni egyet?

Bob rám nézett értelmes szemeivel, majd félénken a lépcsősor felé pillantott.

– Lukaszt várod? Szerintem most nem jön velünk. – A fogason lógó pórázért nyúltam, Bob pedig az ajtóhoz szaladt, jelezve, hogy elmegyünk. – Majd talán máskor. Elviszem Bobot sétálni, Maria néni! – kiáltottam még be a konyhába, majd magamra kaptam a kabátot és a cipőt, és nem törődve a csúnya felhőkkel az égen, kiléptem lakásból a kutyával a sarkamban.

A park felé vettük az irányt. Eddig még soha nem mentünk ketten Lukasz nélkül, így aztán kicsit magányosnak éreztem magam, de ezt Bob rögtön kiszagolta. Hamar a fák közé értünk, miközben hallgattam az ég halk mormolását és egyre jobban éreztem, hogy kemény vihar érkezik. A szél is erősödni kezdett. Mégis sétáltam tovább, összehúzva magamon a kabátot. Lukaszra gondoltam. Sejtettem, hogy a szobájában kuksol, hogy senkivel ne kelljen találkoznia. Szégyellte magát az intő és a kinézete miatt. Tudtam, mert ismertem annyira. Még velem is szégyenlős volt, és a gyengeségeit pont előlem akarta elrejteni. Ironikus, hogy engem meg nem érdekelt, ha gyengének érzi magát. Gondolataim folyama teljesen lekötötte a figyelmemet, nem figyeltem, és nem foglalkoztam a közelgő veszéllyel, ami az erdőben érhetett egy esetleges vihar alatt. Csak akkor tudatosodott bennem, mikor már az eső is rákezdett egy hangos égi csattanás kíséretében. A park fái hajladozni kezdtek, mintha valaki az ágakat rángatná, Bob is megijedt és hozzám szaladt. Felkaptam a kutyust, és elkezdtem szaladni vele a legközelebbi épület felé, ami a parkon kívül volt. Ám mielőtt kiérhettem volna a parkból, megbotlottam egy gyökérben, elestem, a szél pedig leszakította egy kiszáradt fa vaskos ágát, ami rám esett. Azt hiszem, csak néhány percre ájultam el, de olyan erősen szorított a földhöz a rönk, hogy mozdulni sem tudtam. Bob kétségbeesetten ugatott mellettem, de szegény nem tudott segíteni. Fájt a mellkasom a nyomás miatt, és sejtettem, hogy legalább egy bordám eltörhetett. Csak a levegővételre és Bob ugatására tudtam koncentrálni:

– Bob... hívj segítséget! – könyörögtem neki két szapora lélegzetvétel között. A kiskutya elszaladt, mert érezhetett valamit az orrával, így egyedül maradtam, de nem sokáig. Bob talán tíz perc után visszatért, és nem egyedül. Addigra már teljesen eláztam és sáros is voltam, de csak a fejemet tudtam felemelni.

– Emilia! – hallottam Lukasz kétségbeesett hangját. Azonnal mellettem termett, amint meglátott. Bob jött a sarkában, és izgatottan ugrált körülöttünk. Láttam Lukasz arcán a félelmet, bár igyekezett elrejteni előlem.

– Ne félj, mindjárt kiszabadítalak valahogy. Csak lélegezz, rendben?

Láttam, hogy ő is csurom vizes lett, a délelőtti verekedés nyomai ott virítottak az arcán. A szeme alatt lila karikák, a szája fel volt repedve legalább három helyen, és sebek, horzsolások tarkították az arcát. Rögtön tudtam, hogy nem most lépett ki az utcára.

– Hogy... találtál meg... ilyen gyorsan?

– Hallottam a hangodat, aztán az ajtócsapódást is, és mikor kinéztem az ablakon, a felleget is láttam. Megijedtem és utánatok indultam.

Hirtelen kikerült a látószögemből és éreztem, hogy a rönkkel próbálkozik, de nem volt annyira erős, hogy azonnal el tudja rólam távolítani. Ugyan sikerült az egyik oldalon lejjebb rángatni az ágat, de csak annyit ért el vele, hogy a lábamból is kiszállt az erő, nem csak a mellkasomból.

– Fáj az oldalam, és most már a lábam is. Kérlek, siess!

– Igyekszem, Emilia. Meglásd, mindjárt kiszedlek onnan, csak tarts ki még egy kicsit.

Most a másik oldalon próbálkozott, és ezúttal akkorát rántott a rönkön, hogy sikerült leszednie rólam. Nem bírtam mozdulni, Lukasz pedig, amint kiszabadultam, ott volt mellettem.

– Már semmi baj nincs.

Megfogta a karomat és nagyon lassan felültetett, de akkor pokolian fájt.

– Hívok egy mentőt, de előbb biztos helyre viszlek, itt továbbra sem vagyunk biztonságban.

– Ne haragudj, de képtelen vagyok a lábamra állni.

Nem szólt semmit, csak az amúgy is vizes pulóverével körbetekert, egyik karját a térdhajlatomba dugta, majd felemelt a földről és szapora léptekkel elindult velem a park kijárata felé. Bob a sarkában szaladt szorosan. Kapaszkodtam a nyakába, fejemet a vállára hajtottam, és próbáltam nem elaludni a fájdalomtól.

– Maradj ébren, Emilia, el ne aludj! – hallottam a suttogását, és hallottam a rejtett érzelmeket is benne. – Nemsokára meleg helyen leszünk és hívok orvost, addig mondd el nekem, hol fáj.

– Azt hiszem, eltört egy bordám a bal oldalon, ezen kívül nehéz levegőt vennem – mondtam halkan neki.

– Jó, mindjárt elmúlik, ígérem, csak még egy kicsit bírd ki.

– Most nem fáj annyira.

Alig bírtam nyitva tartani a szemem, de azért hallgattam a mondanivalóját. Próbált ébren tartani, míg be nem lökte a házuk ajtaját. Bob azonnal éktelenül ugatni kezdett, mire a ház népe kiözönlött az előszobába. Lukasz ügyesen lerúgta magáról a cipőjét, mindezt úgy, hogy velem a karján egyensúlyozott. Aztán bevitt a nappaliba és lefektetett a kanapéjukra.

– Mégis mi történt, fiam? – kérdezte tőle az apja, de ő a válasz helyett csak ennyit vakkantott hátra:

– Hívjatok orvost! Eltörött legalább egy bordája, és nehezen vesz levegőt. Muszáj kórházba vinni.

Maria gyorsan ki is sietett a telefonhoz, de Lukasz nem mozdult mellőlem.

– Hozz egy takarót, kislányom, még megfázik – utasította az apjuk az egyik húgát. Nem sokkal később Lukasz és az édesapja közös erővel becsavartak egy meleg takaróba.

– Minden rendben lesz, fiam, Emilia meg fog gyógyulni, de mondd el, mi történt, hogy ha jön az orvos, el tudjuk neki is mondani.

– Ráesett egy vastag faág, úgy szabadítottam ki alóla. Miért engedtétek el egyedül?

Csak hallgattam őket csukott szemmel. A fekvő helyzet jólesett, úgy nem éreztem annyira, de az még annál is jobban esett, hogy Lukasz ott ült mellettem, el nem mozdult volna. Beszélgettek az édesapjával, aki mindenről megkérdezte, a délelőtti verekedéssel bezárólag. Aztán egyszer csak már nem bírtam ébren maradni. Tudtam, hogy Lukasz nem fogja hagyni, mégis elsötétült előttem minden.

III. fejezet

Nem emlékszem, hogy kerültem a kórházba. Tudtam, hogy kijön a mentő értem, de már nem voltam magamnál. Muszáj volt elaludnom, annak ellenére, hogy Lukasz nyomatékosan megkért, ne tegyem. Aztán sokáig voltam a jótékony álom fogságában. Fogalmam sem volt arról, hogy édesanyám mennyire megijedt, mikor a szobám előtti váróban Lukasz az édesanyja jelenlétében elmondta neki, mi történt. Ahogyan arról sem, hogy anya eltiltott Lukasztól. Úgy ítélte meg, hogy a fiú nincsen rám jó hatással. Csak azzal nem számolt, hogy Lukasz nem fogadja majd el a döntését. Anya mellett ugyan nem volt ott apa kontrollnak, de mikor néhány nap múlva felébredtem és csak apát láttam az ágyam mellett, kicsit csalódtam. Először nem hallottam kintről a folyosóról Lukasz és anya vitáját:

– Azt kértem, hagyd békén a lányomat. Ne gyere ide többet, ne keresd! Miattad van kórházban.

– Kérem, csak azt szeretném tudni, hogy felébredt-e.

Kétségbeesve nézhettem apára, aki nem szólt semmit, csak megsimogatta a fejemet és kiment anyához.

– Emilia látni szeretne, fiam – mondta egyszerűen Lukasznak, aki nem sokkal később belépett a szobám ajtaján egyedül. Lehajtott fejjel csukta be maga után az ajtót, így nem vette észre, hogy ébren vagyok.

– Nem... a te... hibád volt. Nem tehettél... róla.

Felkapta a fejét gyenge hangomra, és azonnal leült mellém.

– Édesanyád nem így véli. Nem akar többet a közeledben látni, és megértem.

Erre nem voltam felkészülve.

– Nem tilthat el... tőled. Nem engedem.

– Ez nem eltiltás lenne: mindentől megfosztana téged a kórház után, amivel kommunikálni tudsz, hogy ne érhess el engem.

– Akkor is keresni foglak.

– Előbb gyógyulj meg. A bordáid most fontosabbak, mint én.

– Te vagy az egyetlen barátom, Lukasz. Kivel osztanám meg a gondjaimat és az örömömet, ha nem veled?

– Emilia – itt egyik kezével átnyúlt a fejem mellé, és megsimította az arcomat –, én ebben a helyzetben most nem számítok. Csak az számít, hogy neked jó legyen. Ha édesanyád nem akarja, hogy veled legyek, vagy melletted, akkor én nem állok az útjába.

– Csak azt nem veszitek figyelembe, hogy én nem akarok egyedül maradni. Boldog vagyok, hogy te vagy a legjobb barátom, és nem hagyhatom ezt elveszni. Baleset volt, nem tehettél róla. Bolond voltam, hogy olyan időben sétálni indultunk.

– Le kellett volna mennem megállítani, amint meghallottam a hangod.

– Hogy velünk gyere, és neked is bajod essen?

– Fogalmad sincs, milyen rossz érzés volt meglátni az alatt a rönk alatt. Úgy éreztem, cserbenhagytalak. Inkább esett volna rám.

– Hogy most én üljek melletted ennek az ágynak a szélén kétségbeesve?

– Édesanyád legalább nem tiltakozna az ellen, hogy lássalak. Nem lettél volna ott, és különben is nekem kellett volna elvinnem Bobot sétálni. Anya már szólt, hogy vigyem le, de én ki sem dugtam az orrom a szobámból büszkeségből.

– Ne hibáztasd magad olyan dologért, amit nem te követtél el.

Láttam az arcán azt a mérhetetlen fájdalmat, amit én is éreztem a gondolatra, hogy nem lehet többé a barátom. Ám arra nem voltam felkészülve, hogy talán más oka is lehet az aggodalmának. Már hónapok óta ismertük egymást, beszéltünk, és nagyon megszerettem. Már nem tudtam volna nélküle boldogulni.

– Kérlek, Lukasz, ne hagyd, ne engedj anyukámnak!

– Csak meg akar védeni téged. Az édesanyád.

– Nem tudja, mekkora szükségem van rád, ahogy azt sem tudhatja, neked mekkora szükséged van rám. Ezt persze én sem tudhatom, de akkor is.

Csak nézett rám. Szomorú szeme alatt már sárgultak a foltok, de a sebek még mindig látszottak az arcán. A keze, amely korábban megsimította az arcomat, most a közelebbi kezemért nyúlt és megszorította.

– Csak gyógyulj meg minél hamarabb. Én megleszek, és kivárom, míg édesanyád megenyhül az irányomban.

– Azt én nem várom meg.

– Légy türelmes, Emilia! Nem látsz majd mindennap, de megtalálom a módját, hogy beszéljünk, megígérem.

Anya pont akkor jött be, így Lukasz elengedte a kezemet és felállt mellőlem.

– A látogatásod itt véget ért, Jablonszkij. Megkérlek, hagyd békén Emíliát.

– Talán inkább meg kéne köszönnöd, hogy a lányod... – kezdte apa, de anya letorkolta.

– A lányunk miatta van kórházban.

A mondatára felültem volna, de képtelen voltam megmozdulni. Lukasz csak még egy szomorú pillantást vetett rám, majd kilépett az ajtón. Csakhogy apa utánaindult szinte azonnal, én pedig ottmaradtam anyával, akinek nem voltam hajlandó megszólalni, mert féltem, hogy csak harag jönne ki a számon. Összeszorítottam a számat, így sikerült visszaszorítani a kitörni készülő zokogást.

– Jaj, kislányom, az a fiú idősebb is nálad, nem is való hozzád – folytatta még a kis monológot, de nem figyeltem oda rá. Nem érdekelt, mit akar mondani, és ennek jelét is adtam. Sosem voltam tiszteletlen a szüleimmel, de most hatalmas kedvet kaptam a dacoláshoz. Elveszik a legjobb barátomat, és ezt nem felejtem el nekik soha.

Csak azt nem tudhattam, hogy apa és Lukasz megegyeztek, hogy ha levelet írna nekem, akkor azt a kezembe adja majd. Attól függetlenül, hogy nem láthatjuk egymást. Ezt már az első otthon töltött napomon közölte is velem édesapám egy levél kíséretében:

– Kislányom – dugta be a fejét sötétedés után a szobám ajtaján apa. – Híreim vannak.

Feltornáztam magamat az ágyamban ülő helyzetbe, hogy rá tudjak nézni.

– Hallgatlak, apu.

– Tudom, anyád kissé elvetette a sulykot azzal az eltiltással. Nem Lukasz tehetett róla, ezt én is és anyukád is pontosan tudjuk, mégis meg kell értened a mamád álláspontját. Te vagy a kis angyalkája. Az a fa pedig meg is ölhetett volna, de hála Lukasz gyorsaságának, nem történt komolyabb baj.

Itt édesapám a farmerja farzsebébe nyúlt, és előhúzott belőle egy levelet.

– Én pedig szeretném neki megköszönni valahogy, amit érted tett. Most ellentmondok anyádnak, és támogatlak benneteket. – Felém nyújtotta a levelet és rám vigyorgott. – Ha látni akarod Lukaszt, csak szólj nekem és elintézzük, hogy találkozhassatok, még ha csak titokban is. Addig, míg édesanyád megenyhül, szívesen leszek postás, ha válaszolnál a leveleire.

Apukám cinkossága könnyekig meghatott. Kinyújtottam felé mindkét karomat, és amint leült mellém, átöleltem.

– Köszönöm.

Mikor elengedett, a levelet a kezembe nyomta, majd távozott a szobámból. Magamra maradtam Lukasz soraival. Lassú mozdulatokkal bontogattam a levelet:

„Emilia!

Tudom, nem láthatlak és nem mehetek a közeledbe, de mégsem szeretnélek cserbenhagyni mint a legjobb barátod. Mindennap jelentkezni fogok valahogy, ezt megígértem édesapádnak is. Most csak azt tudom mondani, én jól vagyok, de hiányzik, hogy mindennap lássalak. El ne felejtsd, hogy mit ígértél! Megígérted, hogy gyógyulsz és ezt nem szegheted meg. Szükségem van rád ezek ellen a lökött barmok ellen, akik körülvesznek. Képzeld, ma valami megmagyarázhatatlan csillagképet láttam az égen. Olyan volt, mint egy angyal. Amikor megláttam, rögtön eszembe jutottál. Még szárnyai is voltak a látcsövön keresztül. Olyan szép volt, hogy alig bírtam levenni róla a szememet, és biztos vagyok benne, hogy neked is tetszett volna. Holnap megírom az első előérettségit; kicsit tartok tőle, de tudom, te azt mondanád, hogy nincs miért. Bíznom kell magamban.

Most már kezd is leragadni a szemem, de a gondolataim visz-
nek tovább. A kezem csak írni akar, és a lelkem reménykedik,
hogy válaszolni fogsz. Ha kell, minden percemről írok neked,
de csak egy szavadba kerül és nem írok többet. Beszéltünk
édesapáddal arról, ha látni szeretnél, akkor titokban megláto-
gathatlak. Azt is mondta, hogy az ablakod nincsen magasan,
így a megbeszélt időpontban beenged a kertbe és onnan már
megtalálom. Meg foglak látogatni, persze ha te is úgy akarod.
Most megyek, mert holnap nehéz napom lesz.

Várom a válaszod, őszinte szeretettel:
Lukasz"

Csendesen, hogy ne csapjak zajt – meg persze amilyen óvatosan
csak tudtam –, kimásztam az ágyamból és az íróasztalhoz men-
tem. Volt benne egy gazdátlan rajzfüzet, aminek üresek voltak
a lapjai. Fogtam egy toll kíséretében, és visszacsoszogtam az
ágyamhoz. Letettem mindkettőt az ágyamra, bemásztam, és
csak utána vettem magamhoz a tömböt:

„Lukasz!

Soraid olvasása felüdítette a lelkemet. Nagyon magányosnak
éreztem magam bezárva a szobámba. Hiányoznak a beszélge-
téseink, az éjszakába nyúló viccelődések. És persze hiányzik
a jelenléted. De beszéljünk kicsit komolyabb dolgokról. Te
vagy a legokosabb fiú, akivel valaha találkoztam. Még szép,
hogy minden sikerülni fog. Mesélted, hogy egyetemre akarsz
menni, és tudom, hogy amit kitalálsz, az úgy is lesz, ahogyan
kitaláltad. Nincs okod tartani attól a megmérettetéstől. Azért
majd gondolok rád holnap.
Az a csillagkép biztosan lenyűgöző volt. Én is szívesen megnéz-
tem volna. Nekem csak az esthajnalcsillagot látni a szobámból,
de a kórházban töltött idő óta egyre többször fordulok hozzá.
Kérem, hogy vigyázzon mindenkire, akit szeretek, és mindig
érzem, hogy segít. Ennek ékes bizonyítéka leveled, aminek

nagyon örültem. Írtad, szóljak, ha látni szeretnélek, hát most szólok, bár nem szívesen szegem meg anya szabályait. Apa is csak azt mondta, hogy segít neked. Persze előbb a vizsgák, és csak ha már nem zavarja meg a találkozás gondolata a tanulmányaidat.

Most, ha nem haragszol meg, bár még lenne mit kérdeznem és mondanom, elmegyek aludni. Holnap minden percben gondolni fogok rád, te csak azt tudd, hogy mindent tudsz. Nincs olyan téma, amivel bárki ki tud az eszeden fogni, Lukasz Jablonszkij. Remélem, hamar válaszolsz és megírod nekem, hogy sikerült a vizsga, szóval várok a válaszodra.

Szeretettel:
Emilia"

A levelet bedugtam a párnám alá és eldőltem rajta. Még kilestem a függöny résein az esthajnalcsillagra, és hálát adtam neki a levélért. Aztán szépen lassan elaludtam. Már így is késő volt; biztos voltam benne, hogy Lukasz meg is szidna, amiért még ébren vagyok, mondván, pihenésre van szükségem. Nem felejtettem el az ígéretemet, amit neki tettem: meg kell gyógyulnom mielőbb. Megfogadtam, hogy csak akkor engedek Lukasz könyörgésének a találkozást illetően. Neki most a tanulás a dolga, ahogyan nekem is bele kell húzni, ha meggyógyultam. Nem csak a hegedűvel maradtam le, hanem az egyéb tanulmányaimmal is. Ideje volt újra a tanulásnak szentelnem magamat, ahogyan erre Lukaszt is kértem.

IV. fejezet

Tényleg tanultam. Igaz, az iskolába még legalább két hétig nem tehettem be a lábamat, de az összes lemaradásomat behoztam addig. Mindenből a lehető legjobban teljesítettem. Sokat gyakoroltam hegedűórára, meg minden. Szerettem volna megdolgozni azért, hogy láthassam Lukaszt. Mindennap írt, és én igyekeztem még aznap válaszolni neki. Folyamatosan leveleztünk, a bordáim is meggyógyultak, apa pedig semmi akadályát nem látta annak, hogy találkozzunk – annak ellenére, hogy anya hallani sem akart Lukaszról továbbra sem. Így aztán apa belelendült a hazudozásba, és anya háta mögött megszervezte a találkozót. Már nem volt akadálya, hiszen Lukasz is letette az elővizsgáit, ahogyan megjósoltam előre, tökéletesen. Teljes lázban égtem, pedig csak egy barátommal készültem találkozni. Igaz, titokban, de akkor is. Már apa is, meg persze a bátyám is – akit később kénytelen volt beavatni, különben mind lebukunk anya előtt – megjegyezte, hogy túlságosan ideges vagyok. Hát igyekeztem lehiggadni és természetesen viselkedni. Belül mégis ideges és feszült voltam. A levelezés, meg hogy nem láttam, csak még több ragaszkodást eredményezett. Sokat álmodoztam róla, hogy vele leszek, és talán kissé túlságosan is rápörögtem. Bele sem gondoltam, milyen érzései vannak vagy lehetnek, csak a sok gondolkodás ébresztett rá, hogy talán nem is vagyok közömbös Lukasz iránt. Erre rájönni csak egy gondolat, egy reménysugár volt, de tudtam, hogy nem remélhetek tőle semmit, mert nem lenne fair. Bármennyire örülnék neki, meg kell várnom, míg eljön az ideje.

Apa nagyon gyorsan elintézte. Már teljesen meggyógyultam, csak be voltam zárva. Anya így rendelkezett. Még a gyógyulás után sem engedett a szobafogságból, és tudtam, hogy ez a további távoltartási végzés, mégis türelmes voltam. Vártam, hogy a „cinkosaim" mindent elintézzenek, és fáradozásuknak meglett az eredménye. Már jól benne jártunk a tavaszban és a nyárban is. Indult az iskolai szünet. Egyszerű nyári este volt. Egy izgalmas könyvet olvastam éppen, mikor halk kopogást hallottam az ablak felől. Félretettem a könyvet, és egy sóhaj kíséretében az ablakhoz mentem. Lukasz volt. Amikor megláttam, nagyot dobbant a szívem. Lassan az ablakhoz sétáltam, és kinyitottam. Arrébb álltam, hogy be tudjon mászni rajta. Gyors volt, hamar becsukta az ablakot maga után, majd felém fordult:

– Végre látlak, már azt hittem, sosem lesz rá lehetőségem! – mondta halkan, rekedt hangon. Közelebb mentem hozzá. Változott tavasz óta. Mintha komolyabb lett volna, és a komolyság kiült az arcára is, nem csak a szemére. Meg persze azonnal feltűnt, hogy milyen jóképű lett. Éreztem, hogy feszeng, de én is félszeg voltam.

– Én legalább úgy örülök, hogy látlak – mondtam én is olyan halkan, mint ő. Álltunk még egy pár percet egymással szemben, majd már nem bírta a távolságot. Leküzdötte a szorongását, és hozzám lépve magához ölelt. Kihagyott egyet a szívem, mikor megéreztem a ruhája illatát magam körül. Esetlenül átkaroltam a derekát és a vállára hajtottam a fejemet.

– Meggyógyultál? Ugye nem fáj sehol?

– Nem, nincsen semmi bajom. Most nem is lesz, csak miután elmentél.

Eltolt magától, de a kezeit nem vette le a felkaromról.

– Utána sem lesz semmi baj. Majd minden a helyére rázódik. Ahogyan régen.

Arrébb álltam, így kénytelen volt elengedni, de csak így tudott körbenézni. Csendesen kémlelt; nem mintha nem látta volna már a szobámat a laptop képernyőjén keresztül.

– Otthonosabb, mint képzeltem, igaz, eddig csak az ágyad felőli falat láttam. Szóval jó látni, milyen szép körülmények közé vagy bezárva.

– Csak jussak ki innen végre!

– Édesanyád véleménye akkor sem fog megváltozni rólam.

Leült az ágyam sarkára, én pedig mellé telepedtem.

– Majd megenyhül.

– Amennyit hazudozik miattam édesapád, biztosan nem fog. De reménykedjünk. Azt mindenesetre most mondom, hogy nélküled nem veszek részt a szalagtűző bálon novemberben.

– Ugyan mégis miért mennék a végzős bálra, mikor még nem vagyok annyi idős, hogy részt vehessek rajta?

Csak elnevette magát, halkan, hogy ne hallják meg.

– Igaz, nem mondtam el a terveimet az érettségi évére. Szóval arra gondoltam, hogy nem akarok más partnert magamnak a szalagtűzésre. Az osztályfőnököm a napokban még bizonyítványosztás előtt mindenkit nyomatékosan megkért, hogy keressünk magunknak már most, vagy legalábbis gondolkozzunk el rajta, kivel szeretnénk megtanulni a táncot a bálra. És én rád gondoltam.

Bent rekedt a levegő, de ki is préseltem magamból. Erre nem is gondoltam. Nagyon meglepett vele, ugyanakkor számíthattam volna rá. Mégis megijedtem.

– Ez nagyon rendes dolog tőled, de én nem tudok táncolni – nyeltem nagyot, mire hirtelen megfogta a kezemet, ami az enyém mellett nyugodott a takarómon.

– Hidd el, én legalább úgy félek tőle, mint te.

Egymásra néztünk. Pillantásom elveszett Lukaszéban, ám a varázst megtörte, amit hozzáfűzött az előző mondatához.

– Ha ez megnyugtat, én sem tudok táncolni. Majd megtanuljuk – mosolygott rám. Emlékeztem rá, hogy milyen jó volt ezt a mosolyt mindig látni. Nem figyeltem az időt, így egyszer csak kopogást hallottam a szobám ajtajáról. Tudtam, hogy ez a kopogás azt jelenti, lejárt az időnk.

– Jeleztek, hogy lejárt az idő. Anyukám még nem alszik, és lebukhatunk.

– Megértem, mennem kell.

Lukasz elengedte a kezemet és felállt mellőlem, mint aki búcsú nélkül akar távozni.

– Nem szeretném. Kérlek, ne menj!

Visszafordult az ablaktól és csak akkor láttam, hogy már nem mosolyog. Ugyanazt a rettegést és fájdalmat láttam az arcán, mint a kórházban történt utolsó találkozásunkkor.

– Gondolj édesanyádra! Ha szeptembertől szükségem lesz rád, most elmegyek, és kivárom, míg enged nekünk. Bobnak pedig kénytelen leszek megmondani, hogy be kell érnie velem.

– Szegény kutyus! Mondd meg neki azt is, hogy hiányzik nekem, akárcsak te.

– Azért levelet továbbra is írni fogok, és ha lesz rá lehetőség, újra eljövök.

Már én is felálltam. Odasétáltam hozzá, de megálltam tőle tisztes távolban.

– Majdcsak lesz valahogy – mondtam halkan, mire megint megölelt. Nem szólt semmit, csak magához szorított, utána pedig szó nélkül kimászott az ablakomon.

A találkozás után igyekeztem minden lehetséges eszközzel dacolni anyával. Persze továbbra sem akart hallani Lukaszról, de én nem adtam fel. A levelezést továbbra is folytattuk, de anya az első találkozás után valahogy csak megtudta, hogy megszegtem a szobafogságot, annak ellenére, hogy nem is hagytam el a szobámat. Rájött ugyanis apu hazugságaira. Valahogy a lényegen az nem változtatott. Anya még annak a hétnek a szombatján tajtékozva nyitott be a szobámba apa kíséretében.

– Hogy vehetted rá apádat a hazudozásra, kislányom? – kérdezte anya idegesen, és nagyon dühös volt; ezt már abból tudtam, ahogy bejött. – Mit képzeltél, ha apád hazudozni kezd, majd újra láthatod azt a fiút?

– Anya...

– Ugyan, drágám, joga van látni a barátját, nem tilthatsz meg a lányunknak mindent örökké.

– Az a fiú majdnem megölte a lányunkat!

– Nem az ő hibája volt, szívem, ezt te is tudod.

– Mégis hazudtatok nekem, te is és a fiam is.

– Akkor sem büntetheted ilyen súlyosan a gyereket.

– Anya, kérlek! Emilia nem csinált rosszat. Ha nekünk nem hiszed el, akkor lent vár Jablonszkij asszony. Magyarázattal érkezett. Majd neki kénytelen leszel elhinni, hogy Lukasz nem csinált semmit.

Már a bátyám is a küszöbön állt.

– Az a nőszemély még képes volt idejönni?

– A fia nevében jött, hogy a könyörületedet kérje. Azt mondja, hogy beszélni akar veled és nem megy el innen, amíg nem beszéltetek.

– Hah, megyek, de te, Emilia még büntetésben vagy. Nem teszed ki a lábadat a szobából – utasított, majd mind magamra hagytak egy hatalmas ajtócsapódás kíséretében. Leültem az ágyamra, de a kíváncsiságom csak nem hagyott nyugodni. Az ajtóhoz mentem és rátapasztottam a fülemet, hátha hallok valamit a lenti beszélgetésekből. Ám bárhogy hallgatóztam, nem hallottam semmit, csak két-három órával később tudtam meg, hogy Maria bizony addig fűzte anya fejét a higgadt érveivel, amiket persze megbeszélt otthon Lukasszal és a férjével, hogy anyám végül kénytelen volt beadni a derekát. Maria valószínűleg azt is elmondta neki, mi a szándéka Lukasznak velem a szalagtűzőn, amivel még inkább hatott anya lelkére. Így szeptembertől a nyár letelte után már mehettem iskolába. Nem csak az egyetem falai közé mehettem újra, de a gimibe is, amitől szárnyakat kaptam a tanulásban – de nem csak én. Végre a barátomat is mellettem tudhattam, bár sosem távolodott el tőlem. Anyával ugyan megállapodtunk, hogy a nyár további részét még szobafogságban töltöm, mert hazudozásra vettem rá apát. Elfogadtam, de nem bántam. A büntetésem lejártáig mindennap leveleztünk Lukasszal, és persze néha meglátogatott. Legálisan, nem az ablakon keresztül, ahogy először. A szüleink elrendezték. Megbeszélték normális körülmények között. Így aztán belementem, hogy szeptembertől a párja leszek a próbákon, és a szalagtűző bálon is. Igaz, megfenyegetett, hogy nem táncol mással, és ha nem leszek a párja, akkor nem vesz részt a bálon.

Úgyhogy a szeptemberi iskolakezdés még több kihívást és nehézséget tartogatott. Igaz, már nem voltam egyedül, mert Lukasz is ott volt velem minden kihívásban, amit elsősorban a tánc jelentett. Mulatságos volt, hogy neki sem megy, így bár a próbákon igyekeztünk mindent megtenni, azért egymás között jól szórakoztunk. Tényleg sokat mulattunk, főleg egymás ügyetlenségén, ennek pedig az lett a következménye, hogy minden szabadidőnket együtt töltöttük. Anya ugyan még nem nézte túl jó szemmel, de nem akarta tönkretenni egy végzős fiú ünnepét, és persze végül az én örömömet sem. Nehezen, de elfogadta a tényt, hogy Lukasz és én barátok vagyunk, bár elmondta egyszer, hogy nem hisz a fiúk és lányok közötti barátságban.

Szóval minden a helyére került. Jól voltam, mintha a baleset meg sem történt volna. Mind lelkileg, mind pedig testileg, bár megvallom őszintén, hogy voltak változások. A szokásosnál is komolyabb voltam, ami feltűnt Lukasznak, de sosem hozta szóba, csak megfigyelte. Először nem zavart, hogy fogta a kezemet, hogy vezetett és diktálta nekem a lépéseket. Hamar meg is szoktam, de éjjelente furcsákat álmodtam. Az álmaim pedig egyértelműen olyan dolgokat láttattak velem, ami csak álom maradhatott. Akartam vagy sem, igaza lett anyának. Lukasz jóképű fiú volt, lehetetlen lett volna, hogy közömbös maradjak iránta. Igyekeztem sosem mutatni, és ebben azért sikerült célt érnem. Mindig azzal nyugtattam magam, hogy úgyis el fog menni a fővárosba. Oda adta be a jelentkezését az egyetemre. Mesélt róla, tisztában voltam vele. Már Varsó gondolata is visszarántott a valóságba. Nem volt esélyem változásra. Meg kellett elégednem azzal, amit Lukasztól a közösen töltött maradék időben kaphattam. Sosem voltam türelmetlen ember, de ahogy a mondás tartja, a remény hal meg utoljára. Nem gondolhattam másra, muszáj volt remélnem, ha nem is volt rá esély.

Gyorsan teltek a hónapok. Mindketten gyorsan tanultunk a kezdeti nehézségek ellenére. Voltak az osztálya részéről viták, veszekedések, de a végén minden összeállt. Igaz, engem is támadtak, de Lukaszt a leginkább. Mindig becsülettel tűrte, mégis megvédett. Szavakkal vágott vissza az osztálytársainak, sosem tettel, ha pedig párváltás miatt máshoz kerültem, végig rajtam tartotta a szemét. A nyelve, akárcsak az esze, élesebb lett az előző évben kapott első intője óta. Azt is láttam, hogy más lányok hogyan néznek rá. Sosem közeledett egy osztálytársnőjéhez sem, bármelyik is próbált rámászni. Ahogy miattam a fiúk, úgy a lányok vitatkoztak miatta a háta mögött. Ez persze nem jelentette azt, hogy nem bántotta a dolog – mert bántotta, láttam rajta. Mindenről tudott, és ezek a dolgok elfelhőzték a szemét. Minden ilyen pillanat kés volt a lelkembe. Igyekeztem nem mutatni, nem akartam, hogy lássa. Sokszor beszéltünk ezekről a problémákról, és mindig elmondta, hogy egyik lányra sem tudna ránézni, mert nem érdekli az ilyesmi. Én a bizalmasa voltam, kivételt képeztem.

V. fejezet

Végül elérkezett a szalagtűző bál estéje. Egész nap ideges és feszült voltam. Anyával és Mariával együtt még korábban béreltünk egy szép ruhát, de engem nem igazán érdekelt, hogyan állt rajtam. Ők persze csodásnak tartották, és hallgattam rájuk. Csendben tűrtem, hogy anya szépen befonja rakoncátlan fürtjeimet és még egyszer felpróbáltam a ruhát, jó-e a hossza. Édesanyámnak feltűnt feszültségem.

– Nem lesz semmi baj kicsim. Jó kezekben leszel. Ügyesek lesztek.

– Tudom, anya.

– Akkor miért aggódsz, kincsem? Látom, hogy bánt valami.

– Félek, hogy elrontom és akkor Lukasz… – Anya itt a kezébe vette a fejem és gyengéden felemelte, hogy a szemembe tudjon nézni.

– Nem lesz semmi baj. Csak bízd magad arra, hogy jól megtanultátok. Bízz Lukaszban.

Bólintottam, mire anya elengedett és befejeztük a szépítkezést. Úgy volt megbeszélve, hogy Lukasz az édesapja kíséretében jön értem, és a megbeszélt időben meg is jelentek. Nem sokkal ebéd után érkeztek, és én csak akkor lettem igazán ideges. Minden holmimat összeszedtem, és elköszöntem a család többi tagjától, majd autóba ültünk és elindultunk a bál helyszínére, ami nem volt más, mint a királyi vár egyik lovagterme. Az iskolának ugyanis volt annyi kerete – meg persze híre is –, hogy megtehette, hogy kibérel egy lovagtermet. Minden végzős osztálynak gyönyörű szalagtűzője volt. Persze mikor odaértünk, még maskara nélküli próba meg előkészületek, de abban a pillanatban, hogy belenéztem Lukasz szemébe az utolsó próbán, még az éles bemutató előtt, hihetetlenül megnyugodtam. Láthatta rajtam, hogy gondterhelt vagyok, így beszélgetést kezdeményezett, halkan, két koncentrálás között:

– Ideges vagy? Mert ha igen, tájékoztatlak, hogy mióta megláttalak a nappalitok ajtajában, azóta én is ideges vagyok.

– Ez a te estéd, jogod van idegesnek lenni.

– Ha tényleg az én estém, akkor egy kívánságom van csak, amit tőled kérek. Mindketten idegesek vagyunk, pedig megtanultuk, amit meg tudtunk.

– Mit szeretnél tőlem? Azon kívül persze, hogy egy újabb közös estét töltünk együtt.

– Kettőnk közül én aggódhatok, de szeretném, ha te jól éreznéd magad ma este. Az a kívánságom, hogy még ha én feszült is vagyok, neked emlékezetes este legyen. Nem kell aggódnod, biztonságban vagy, foglak, nem eshetsz el. Csak élvezd az estét, rendben?

– Megpróbálom. – Bizonytalanul rámosolyogtam, mire ő megszorította a kezemet.

– Mondd el nekem, Emilia, félsz tőlem?

– Dehogy is.

– Akkor mosolyogj! Szeretem, ha mosolyogsz.

Az utolsó lépéseket tettük, így elmosolyodtam, ahogy kérte. Ezután a próba végeztével visszamentünk az öltözőbe. Ott elköszönt tőlem, de tudtam, hogy nemsokára úgyis látni fogom.

Mivel nem csak az ő osztálya volt végzős, hanem még két másik is, legalább másfél órába telt, míg ők is lepróbáltak, majd mivel szállingóztak a rokonok meg a családtagok, hamarosan megtelt a terem nézőtéri része. Mivel a királyi kastélyban volt az ünnepség, ennek megfelelően diszkrét és egyszerű ünneplő ruha volt rajtam. Mikor megérkeztek a szülei a két húgával együtt, üdvözöltem őket. Invitáltak, üljek le közéjük, de úgy voltam vele, hogy mivel csak kisegítő vagyok, inkább megállok az egyik oszlop mellett és onnan figyelem az eseményeket. A tűzés maga egy nagyon szép esemény. Látva Lukaszon azt a kicsi kis szalagot, büszkeség töltött el. Büszke voltam rá, hogy elindult az útján a céljai felé. A tűzés után természetesen az egyéni osztálytáncok következtek, de ezekről lemaradtam az öltözködés miatt. Viszont mikor kiléptünk libasorban az öltözőből, a fiúk már készen vártak ránk, lányokra. Láttam Lukasz arcán a csodálatot, a szemében az elismerést és a büszkeséget. Biztos voltam benne, hogy iszonyatosan hízik a mája miattam. Egyszerű, mégis szép fehér ruhában mentem oda hozzá, és Lukasz azonnal a karját nyújtotta nekem, miközben beálltunk a helyünkre. Éreztem magamon más fiúk sóvár pillantását, ami kissé megijesztett. Lukasz viszont megszorította a kezemet és ezzel megnyugtatott. Aztán megindult a menet, és az agyam azon kezdett pörögni, hogy mi lesz ennek a vége. Mikor a helyünkre álltunk, egymásra néztünk. Láttam, hogy kifújta a levegőt a tüdejéből, erőt gyűjtött, majd mikor megszólalt a keringő első taktusa, már nem számított. Úgy kezdtem érezni, csak ketten vagyunk a parketten és nincs körülöttünk senki. Elmosolyodtam a gondolatra, amit sikerült Lukasz arcára is ráragasztani. Olyan volt az egész, mintha egymás karjába lettünk volna teremtve. Szárnyaltam, és a partnerem is szárnyakat kapott tőlem. Aztán az egésznek hirtelen vége lett. Szerencsére csak az első körnek. A második táncot még az elsőnél is jobban élveztük. Addigra Lukasz is elengedte a feszültséget, és elkezdte élvezni az egészet. Mint akinek a válláról egy mázsás szikla került le. Ez is hamar véget ért, de nem bánkódtam. Tudta, fel kell kérnie az édesanyját. Még egy listát is írtam neki, megbeszéltük, annak ellenére, hogy szíve szerint egész este velem lett volna. Láttam a szemében, hogy nehézkesen megy oda a szüleihez, így a kezembe vettem az irányítást és a kezét szorongatva lassan elindultunk arra, amerre a családot sejtettem. Mielőtt azonban odaértünk volna, megállt, megrántva ezzel a karomat.

– Nem akarok mással táncolni – grimaszolt viccesen. – Kérlek, Emilia, csak még egy kicsit!

– Édesanyád az első, utána pedig legalább egy tanárnő. Megegyeztünk, Lukasz.

– Igen, tudom, de...

– Nincs „de". Indulás, máris várattad édesanyádat, ami illetlenség.

– Jó – nézett rám hihetetlenül komolyan. – Viszont ha most eltűnsz vagy fel mersz szívódni, itt hagyom a kócerájt és utánad indulok. Minimum a teremben kell maradnod, hogy a szemem sarkából lássalak.

– Jól van, értem, csak indulj már! – húztam meg újra a karját. Ezúttal nem álltam meg Mariáig. Mosolyogva álltam félre az útból, elengedve, illetve átadva Mariának. Aztán tapintatosan az édesapjához léptem, és a kezem nyújtottam neki.

– Nézze el nekem, tudom, nem vagyok a lánya, de…

– Ugyan, Emilia! Számomra megtisztelő.

Megfogta a kezemet és visszavitt a parkettre.

– Köszönöm, hogy ilyen jó barátja vagy a fiamnak – kezdeményezett beszélgetést tánc közben újdonsült partnerem. – Ismerem Lukaszt, hasonlít rám. Én is ilyen biztonsági játékos voltam az ő korában. Nehezen barátkoztam, nem volt könnyű nekem a lányokkal, és a fiam is ugyanilyen természetű.

– Lukasz egy nagyon okos, intelligens és céltudatos ember.

Nem ismertem annyira Andrzej Jablonszkijt, de amilyen keveset tudtam róla, annál többet a fiáról.

– Elérted, hogy ne utálja meg ezt az egészet. Neked köszönhetjük, hogy ez az esemény az életében nem csak egy rossz emlék. Félre ne érts, de büszkeséggel tölt el, hogy boldognak látom veled. Úgy érzem, hálával tartozom neked, amiért kirángattad a fiunkat a csigaházból.

– Lukasz is jó hatással van rám.

Abban a pillanatban megállt mellettünk az emlegetett, így a beszélgetés félbeszakadt.

– Bocsánat, apa, de lekérném a hölgyet. A megállapodás küldetése teljesítve.

Csak néztem rá a lehető legrosszallóbban, de Lukasz csak vigyorgott rám.

– Persze, gyerekek, menjetek csak, szórakozzatok, megkeresem édesanyádat.

Lukasz újra megszorította a kezem, és a másik karjával átölelte a derekamat. Néhány hónap alatt tényleg jó táncos vált belőle.

– A húgaidat sem hagytad ki? – kérdeztem pimaszul, de csak még közelebb húzott magához.

– Nem, letudtam mindkettőt egyszerre, hogy a többi táncot veled táncolhassam.

– És a bál utáni parti az osztálytársaiddal?

– Szívesen megyek, csak előbb legyél otthon.

– Ez nem hangzott valami biztatóan. Tudom, azért vagy bizonytalan, mert én oda már nem mennék veled, de hidd el, jó lesz. Csak tartsd meg ezt a jókedvet, és lazíts. Lesz még lehetőséged idegeskedni eleget. Most inkább élvezd kicsit az életet.

Hirtelen megállt, és vele én is.

– Most miért álltál meg?

– Tényleg azt szeretnéd, hogy menjek arra a nyamvadt partira, és érezzem jól magam?

– Igen, persze. – Csak nézett rám, ahogy én rá. Láttam a szemében, hogy sehogy sem tetszik neki a helyzet. – Megígérem, hogy nem megyek haza egyedül.

– Azt remélem is. Apa elhozott, és haza is visz.

Újra felém nyújtotta a kezét, és ezúttal tényleg úgy éreztem, hogy szorít magához, mint aki kapaszkodik. Végigtáncoltuk az egész estét, persze ameddig a bál tartott. A végére már nagyon fájt a lábam, de nem szóltam neki, hogy üljünk le. Tudtam, az én szalagtűző bálomon már nem lesz erre lehetőségem. Mikor már mindennek vége lett, átöltöztem, és az öltözőben összeszedtem az összes holmimat. Maria segített a ruhával, majd kikísért az autóhoz, ahol már Lukasz szintén átöltözve várt ránk Andrzej és a húgai társaságában. A kabátja alatt farmert viselt, amin meglepődtem. Még hallottam, hogy halkan ezt mondja az apjának:

– Egészen a házig vigyétek, és ne engedd, hogy előbb kiszálljon.

Lukasz hangja aggódó volt, és jólesett a féltése, bár nem nagyon értettem az okát.

– Neked nem kéne már azon a bulihelyen lenned, bratyó? – kérdezte az egyik lány, aki mellette állt.

– De, Elena, csak még megvárom, míg elindultok.

Akkor léptem oda melléjük.

– Mehetünk? – kérdezte az édesapja, mire én bólintottam. A lányok és Maria is beszálltak a családi autóba, így mi ketten maradtunk a hidegben.

– Köszönöm szépen az estét, Lukasz – mondtam halkan. – Nagyon jól éreztem magam.

– Ahogy én is. Köszönettel tartozom, amiért elvállaltad. Tényleg. Majd hétfőn találkozunk, és mesélek.

Láttam, hogy kifogyott a szavakból, így csak álltunk, majd kinyitotta nekem az ajtót és megvárta, míg becsukom magam után. Csak miután már elkanyarodott az autó, indult ő is útnak.

A következő napon sokáig aludtam. Tényleg a házig hoztak, de Lukasz láthatóan jól ismert: nem engedtek hamarabb kiszállni. Andrzej bácsi megígérte neki. A bál másnapja pihenéssel és lazsálással telt, bár nem sokat lazsáltam, inkább mondanám egész napos álmodozásnak. Álmodtam éjjel Lukaszról, igaz, először csak rosszat, hogy nem ért haza, megtámadták stb. Aztán mikor már a nap is magasan járt, felültem az ágyamban, mert odalentről a nappaliból hangokat hallottam:

– Még alszik, de talán délután visszajöhetnétek, fiúk – mondta anyám valakiknek, akik válaszát már nem hallottam. Felugrottam az ágyam széléről, és viharsebesen a fürdőszobába rohantam. Fogat mostam, meg a reggeli cihelődés, aztán szabadidőruhát húztam és beágyaztam. Csak ezek után indultam lefelé, a konyha irányába. Anya már ott tett-vett, főzte az ebédet, tüsténkedett, amikor megjelentem az ajtóban.

– Jó reggelt! – köszöntött anya vidáman, ám én csak lehuppantam az egyik székre a konyhaasztal mellé.

– Neked is, anyu. Kik voltak itt az előbb?

– Csak néhány osztálytársad, nem is tudom. Idősebbek voltak ahhoz, hogy a te osztálytársaid legyenek.

– Hányan voltak?

– Hárman, és nem voltak rossz képűek. Kifejezetten udvariasak voltak.

– És mit akartak?

– Csak érdeklődtek, hogy rendben hazaértél-e, meg hogy minden rendben van-e veled, és ha délután esetleg ráérsz, lenne-e kedved velük tölteni a délutánt.

A válaszok elgondolkodtattak. Már az első válaszból sejtettem, hogy Lukasz néhány osztálytársa látogatott meg, akiket valószínűleg csak látásból ismertem. Az indokot persze nem tudtam, de azt azért sejtettem, hogy anyu nem fog elengedni a fiúkkal csak úgy, semmi magyarázattal. Nem mintha menni akartam volna.

– Ne haragudj, anya, de az olyan fiúk, mint akik itt jártak délelőtt, nem tetszenének neked. Lukaszt is nehezen fogadtad el.

– Igazad van, kislányom. Mit mondjak nekik, ha még egyszer megjelennek az ajtóban?

– Csak azt, amit másnak is mondanál. Nem vagyok itthon, meg ilyesmik.

Anyu kicsit megrökönyödött a válaszomon, de amikor rávigyorogtam, ő is visszamosolygott.

– Nagyon vicces, Emilia.

Odamentem édesanyámhoz és átöleltem, majd egy puszit is nyomtam a halántékára.

– Ne aggódj, anyu. A bál miatt most népszerű leszek egy pár napig a végzős fiúk körében, de egyik sem érdekel túlzottan. Majd elfelejtik.

– Mikor vált az én kislányom ilyen diplomatikussá?

– Tanultam valakitől, anyu – azzal elcsórtam egy muffint az asztalon levő tálról, és visszavonultam a szobám rejtekébe. Megtanultam a maradék leckémet a hétre, és bepótoltam a gyakorlásból tegnapról maradt időt. Csak késő délután kértem anyát, hogy átmehessek Bobot meglátogatni, de anya inkább elinvitált apával meg a bátyámmal sétálni a közeli parkba. Szóval nem volt esélyem meglátogatni Bobot, mégsem voltam szomorú. Meséltem a családnak a tegnapi estéről, mert apu persze kíváncsi volt. Mindent elmondtam. Mikor befejeztem a mesét, apu meg a bátyám átkarolták a vállam és megszorították:

– Remélem, a te szalagtűződ is legalább ilyen boldogsággal tölt majd el – állapította meg apu.

– Én nem akarok részt venni a saját szalagtűző bálomon.

– Na de most miért? Az is legalább olyan szép lesz, mint a mostani volt – tette hozzá apu mondatához a tesóm.

– Mert már tudom, mivel jár egy ilyen esemény. Sok hisztivel meg féltékenységgel.

– Ugyan, hugi. Csak ki kell próbálni.

– Már kipróbáltam, köszönöm elég volt.

Elgondolkodtatott, amit mondtak nekem. Hazaértünk a sétából, de az igazat megvallva nem nagyon emlékszem. Másfelé jártak a gondolataim.

VI. fejezet

Az elkövetkező időszak mindkettőnk számára nehéz volt, bár megvallom őszintén, tanultam én is és Lukasz is. Mindketten a dolgunkkal voltunk elfoglalva, így keveset találkoztunk. A suliban persze összefutottunk, és beszéltünk is, miután az összes kommunikációra alkalmas eszközömet visszakaptam anyáéktól a szobafogság letelte után, csak mindketten a dolgunkkal voltunk elfoglalva. Az egyetemi vizsgáim és a tanulás a nagy dolgozatokra kitették a napjaimat, Lukasz pedig tanult gőzerővel az érettségire és az egyetemi felvételire. Sosem mondta meg, milyen szakra adta be a jelentkezést, de tudtam, ezt csak azért nem mondta meg a szüleinek, mert nem akart vitát vagy veszekedést. Én tudtam a vágyáról, ami szerint színművész lesz, de valójában nem szeretett ilyenekről beszélni még velem sem. Igaz, a bál óta még annyit sem beszélgettünk őszintén, mint előtte. Zavart, hogy nem tudom az okát, de nem nyaggattam miatta. Az járt az eszemben, hogy kell neki a tér. Különben is, volt más bajom is. Apát ugyanis a közel-keleti válság miatt külföldre küldték, amit én és a bátyám is nehezen vettünk tudomásul. Gyógyír volt a hiányára az általam sétáltatott kutyák szeretete; merthogy addigra lett egy kevéske hírem a környék kutyatulajdonosai között. Sok időt töltöttem a kerület kutyusainak sétáltatásával, de ugyanakkor kikapcsolt a tanulásból. Nem is hagytam abba még az egyetem elvégzése után sem.

Végül aztán tényleg vége lett a sok tanulásnak. Lukasz persze kitűnő érettségivel a zsebében nyert felvételt a Krakkói Művészeti Egyetemre. Végül lemondott Varsóról, mondván, az messze lenne tőlem. Csak az indokot, az igazit nem mondta meg. Igaz, sosem kérdeztem. Én csináltam a dolgomat. Teltek a hónapok, melyek alatt kezdtem úgy érezni, hogy eltávolodtam Lukasztól, hiszen ő új közegben, vele egyidős fiatalokkal találkozott naponta, új barátai voltak, és ebbe már nem fértem bele. Nem nehepzeltem rá, elfogadtam. Csak az első vizsgaidőszakja alatt jöttem rá, egy nagyon komoly beszélgetés során, hogy mennyire rosszul gondoltam. Azt jól tudtam, hogy voltak barátai az egyetemen, de Lukasz valójában minden percet velem akart tölteni, aminek az okát végül karácsony szenteste, a szobámban, a vacsora után mondta el. Az ágyamon ücsörögtünk, egymással szemben.

– Mostanában kevesebbet beszélgetünk, Emilia, és tudom, ennek elsősorban én vagyok az oka – kezdeményezett beszélgetést. – Tudom azt is, hogy elhanyagoltalak, és azt hiszed, ez az egyetemi életem miatt van.

– Egyetemista vagy, Lukasz, nekem pedig még érettségim sincs.

– Viszont az érettségivel együtt diplomát is kapni fogsz, ami kevés embernek adatik meg.

– Ez nem jelent semmit. Csak egy papír.

– Ami azért sokat jelent.

– Nem kell ragaszkodnod hozzám. Megértem.

– Nem érted, Emilia. Fogalmad sincs, ugye?

Értetlenül néztem rá, mire bizonytalanul rám mosolygott.

– Már a szalagtűző bál után meg kellett volna mondanom neked, de nem volt bátorságom hozzá.

Hirtelen a torkomban kezdett verni a szívem.

– Aztán meg az érettségi és a felvételi miatt nem találkoztunk sokat, mindketten mással voltunk elfoglalva. Ráadásul pedig édesapádat is kivezényelték. Itt kellett volna lennem melletted, amikor szükséged volt rám, de én cserbenhagytalak.

– Hagyd ezt, kérlek! Jelenleg nem értem, mit akarsz ebből kihozni.

– Zagyválok itt összevissza, igazad van, csak próbálom neked elmondani, milyen sokat jelentesz.

Abban a pillanatban felrobbant a belsőm. Pillangók kezdtek el repkedni a gyomromban.

– Ismersz, nem vagyok az a típus, aki könnyen beszél az érzéseiről. Most sem könnyű, de tudnod kell, Emilia. Barátok vagyunk, ez sokat jelent. Tudom, rád mindenben számíthatok, de egy ideje másképpen nézek rád. Olyan sok minden történt velünk, mióta ismerlek, hogy elsőre nem is gondoltam, talán ez lehet belőle, mégis így lett. Em, én...

– Kérlek, Lukasz, hagyd abba! Azt hiszem, nem bírnám ki, hogy végighallgassam. Tudom, én csak egy barát vagyok.

Zaklatottságom egyértelmű volt számára. Az is voltam. Nem akartam hallani, sokadjára, hogy a legjobb barátja vagyok, mikor reménytelenül szerelmes voltam belé. Erre a bál másnapján jöttem rá. Fel kellett állnom mellőle, de ő sem volt rest. Mielőtt eltávolodhattam volna tőle, elkapta a csuklómat és maga felé fordított.

– Nem fejeztem be, Emilia, pont a lényeg előtt szakítottál félbe. A barátom vagy, igen. Te vagy, akivel minden gondomat megbeszélhetem, de ugyanakkor viszont szerelmes vagyok beléd, ami úgy feszít belülről, majd' szétszakít. Félek, hogy a barátságunk rámegy egy mélyebb kapcsolatra, és félek, hogy ezzel csak olyat teszek, amivel el foglak veszíteni, amit nem bírok ki.

Teljesen leblokkolt az agyam. Valószínűleg elég kétségbeesve nézhettem rá, mert láttam, hogy megijesztettem.

– Ha tudom, hogy így reagálsz, bele sem kezdek – suttogott nekem, de én így is alig hallottam. A szemét szinte alig láttam az elfojtott érzelmek kiváltotta könnyfátyoltól. – Tudnom kell, van-e esélyem reményre, vagy nincs, hogy meg tudjak nyugodni. Emilia, kérlek!

Nyelnem kellett egyet, az agyam folyamatosan pörgött a válaszon. Ugyanakkor hatalmas boldogságot éreztem a vallomása miatt.

– Kérlek, mondj valamit!

– Akarok, én veled akarok lenni, Lukasz.

A válaszom komoly kifejezést és persze némi hitetlenkedést varázsolt az arcára. Kezei közé vette a fejemet, és közelebb hajolt hozzám.

– Biztos vagy benne?

– Teljesen.

Abban a pillanatban bármit megtettem volna, hogy megértessem vele. Ugyanolyan zaklatott lelkiállapotban volt, mint én, csak most minden idegessége eltűnt egy hatalmas sóhaj kíséretében. Mint akinek lekerült egy hatalmas kő a szívéről.

– Nem szóltam, mert féltem, hogy mint a barátomat el foglak ezzel veszíteni. Legbelül mindennap reméltem, hogy viszonzod az érzéseimet.

– Gyere ide! – Magához ölelt, szorosabban, mint eddig bármikor. Az állát a fejem búbjára támasztotta. – Nem is tudod, mennyire boldoggá tettél most.

– Ahogyan te engem. De ez nem fog mindent bonyolultabbá tenni számunkra?

– Nem, azt nem engedem. Szeretlek, eddig is szerettelek és ezután is foglak. Ha lassú lépésekkel haladunk, nem bánom, te csak ne aggódj. – Eltolt magától, de a vállamon maradt mindkét keze.

– Lassan? – kérdeztem kicsit félénken.

– Ahogyan te szeretnéd…

Tényleg lassan haladtunk. Nem sürgetett, és kivárta, míg engedek neki. Az iskola, a vizsgák és minden mellett napi szinten találkoztunk. Sokkal mélyebb lett a kapcsolatunk, és bár eddig sem nagyon titkoltunk semmit a másik elől, most is ugyanúgy megosztottunk mindent egymással. Így aztán kénytelen voltam neki elmesélni az apával kapcsolatos aggályaimat is. Féltem, és anyán meg a bátyámon is ezt láttam. Igyekeztek nem mutatni, de mégis tudtam, hogy félnek apa elvesztésétől. Persze ezt is elmeséltem Lukasznak. Meghallgatott, majd megnyugtatott, hogy nem lesz semmi baj. Attól a naptól kezdve igyekezett elterelni a figyelmemet a gondot jelentő apa-problémáról. Minél többet beszéltünk, annál közelebb engedtem. Magamhoz, és a félelmekkel teli szívemhez.

Boldog voltam Lukasz miatt, a boldogságom azonban elszállt, mikor megérkezett apáról a rossz hír. Igaz, nem tudták pontosan megmondani nekünk, mi történt vele, csak azt, hogy eltűnt valahol a keleti sivatagban. Ez nem jelentette azt, hogy feltétlenül meg is halt, de számunkra ez volt az értelme. Soha többé nem látom a mosolyát, a szeme csillogását, és engem ez a tudat küldött a padlóra. Lukasz próbált minden módon vigasztalni, de hiába volt a próbálkozása. A bánatomon nem tudott segíteni. Ott volt nekem mindig, ha sírni akartam, de tudtam, hogy neki legalább annyira rossz ez. Szerettem Lukaszt, de apa hiánya felőrölte a szerelmet. Elvégeztem a gimnáziumot, leérettségiztem, és folytattam tovább a zenei tanulmányokat. Ám akkor már csak az volt a cél, hogy meglegyen a diploma. Zeneszerzést kezdtem hallgatni az egyetem legjobb tanárától. A zene azonban csak elfedte a valódi szándékot. Mire oda jutottam, hogy zeneszerzésből is megvolt a diploma, elhatároztam magam és jelentkeztem a bostoni Katonai Akadémiára.

VII. fejezet

Úgy volt fair, ha mindenkinek elmondom. Anya tombolt az ötlet miatt, Jan diplomatikusan csak annyit mondott, hogy megért, és ha bármire szükségem lenne, akkor rá számíthatok. Ám Lukasz más volt. A dolgok kezdtek úgy állni, hogy az élet elszakít tőle. Azt is biztosan tudtam, ha az akadémia elvégzése után kivezényelnek mint katonát, akkor meg kell szakítanom a kapcsolatot Lukasszal. Az indok pedig egészen egyszerű volt: ha kivezényelnek, de nem térek vissza, akkor ne menjenek el hozzá a gyászhuszárok. Nem akartam, hogy miattam olyan szenvedést kelljen átélnie, amit nekem apa miatt. Csak azzal nem számoltam, hogy mekkora fájdalmat fogok okozni. Becsületesen elmondtam neki is. Nem kerestem a kifogásokat, az indokot is elmondtam. Elsőre fel sem tűnt, mennyire megviselte a dolog, pedig minden erejét össze kellett szedje, hogy ne vegyem észre:

– Miért pont Amerika? – kérdezte tőlem. – Miért nem valahol itthon?

– Nem tudom, csak nem akartam itthon maradni. Annyira hiányzik!

– Ezt elhiszem, de ez még nem indok arra, hogy itt hagyd a családod, engem – suttogott. Alig értettem, de az feltűnt, hogy ideges lett.

– Már eldöntöttem, Lukasz. Meg akarom tudni az igazat apáról, és azt csak egy módon deríthetem ki: ha katona leszek.

– Szóval eldöntötted, és elvárod tőlem, hogy el is fogadjam.

Már láttam az arcán, mennyire dühös lett. Tudtam, a dühe jogos. Szerelmes volt belém, én is szerettem, de apa fontosabb volt.

– Értsd meg, kérlek, tudnom kell, hogy mi történt.

– Megértettem, de te meg azt értsd meg, hogy nem hagyhatom. Nem akarlak elveszíteni, Emilia. Ne várd, kérlek, hogy elfogadjam...

Sokszor próbált meggyőzni; volt, hogy szavakkal, de olyan helyzet is akadt, mikor nem szólt, csak cselekedett. Viszont nem voltam abban az állapotban, hogy le tudjon beszélni. Felvételiztem és fel is vettek, amit a család nehezen vett tudomásul. Mégsem tudott érdekelni. Lukasz utolsó mentsvára az utolsó este volt az utazás előtt. Már a repülőjegyem is megvolt, anya sértődötten elvonult a szobájába. Azt mondta, nem akar ehhez az őrültséghez asszisztálni. Lukasz belógott a házba, már jó sötét volt, mikor benyitott a szobám ajtaján. Az éjjeli lámpa fényében is láttam, hogy pokoli fájdalom süt a szeméből. Felálltam az ágyamról, de ő ahelyett, hogy egy szót is szólt volna, csak hozzám sétált és a számra tapasztotta a sajátját. Csak lassan fogtam fel, hogy mit is akar ez jelenteni, mert csak az érzéseim viharával voltam elfoglalva. Akkor kapcsoltam csak igazán, mikor megszakította a folyamatot, annak ellenére, hogy első alkalom volt:

– Szeretlek, Emilia – suttogta rekedten, a fejemmel kezei közt. – Soha nem akartam mást, mint hogy boldog legyél. Veled akartam tölteni minden percemet, a legjobb barátom voltál.

– Miért beszélsz múlt időben? – kérdeztem kétségbeesve.

– Kénytelen vagyok búcsút venni tőled. Elmész, és talán sosem látlak többet.

– Hisz' még csak tanulok, a szünetekben jövök haza.

– Ugyan, Emilia! El fogsz felejteni, amint kiteszed a lábad Lengyelországból.

– Nem igaz, Lukasz. Haza fogok jönni. Ígérem.

– Ígéred? Mert ha nem tartod be, amit ígértél, akkor kénytelen leszek most véget vetni mindennek.

Ez meglepett és elkeserített. Szakítani akart, azért jött ide. Elbúcsúzni.

– Szakítanál? Mert elutazom?

– Nem tudok távkapcsolatban gondolkozni. Azt nem bírná ki a szívem, és mivel nem tudom, hogy mit tartogat számunkra a jövő, egyszerűbb neked is, nekem is.

Megértettem. Fájt, de meg kellett értenem.

– Ha ezt akarod, rendben, én elfogadom.

Csalódott voltam, de rá kellett jönnöm, hogy igaza van...

Csendben ment el. Anya sem és Jan sem tudott róla. Megbeszéltük, hogy a barátságunk miatt azért még tartjuk a kapcsolatot, bárhová vessen is a sors. Nem telt bele pár napba, és már repülőn is ültem Boston felé. A búcsú a reptéren nagyon megviselte édesanyámat, de Jan biztosított róla, hogy minden rendben lesz vele és majd vigyáz rá. Így aztán fájó szívvel repültem, ugyanakkor várakozásokkal telve. Tudtam, hogy nehéz időszak vár rám; azt is, hogy meg kell állnom a helyemet egy olyan világban, amit férfiak számára találtak ki, és akár rá is mehet az életem. Nem sokat nézelődtem a gépen, mert hamar sikerült elaludni. Egész éjszaka repültem. Át az óceán felett, bár Frankfurtban azért átszálltam a bostoni gépre. Így aztán másnap fáradtan és elcsigázva érkeztem meg a nemzetközi reptérre. A kadéttársaim nem messze, a landolási oldalon gyülekeztek, és nem nagyon láttam közöttük lányokat. Nem mintha zavart volna. Odamentem a csoporthoz, és letettem a táskámat tőlük nem messze. Figyeltem a fiúkat, de látva érdektelenségüket én is érzéketlenné váltam irántuk. A holmimmal voltam elfoglalva, mikor egy tiszt megállt a csoport mellett, és hatalmas hanggal túlkiabálva a reptér zaját ennyit mondott nekünk:

– Sorba rendeződjenek, és indulás a kollégiumba! A többit majd eligazítás alatt.

Hirtelen mindenki mozgolódni kezdett. Tömött, hosszú sorokba fejlődtünk, így én is beálltam a sorba egy magas, barna hajú fiú mögé. Azon gondolkodtam, hogy apa vajon mit mondana, ha most itt volna. Valószínűleg jól megkaptam volna tőle a magamét. Megmosta volna a fejemet, még kiabált is volna, de apa nem volt ott velem. Egyedül voltam. A magam ura, és már csak a kiképzést kell túlélnem.

A sor megindulása akasztotta meg a gondolatmenetemet. Elhagytuk a reptér területét, buszra rakták az egész csapatot és csak úgy indultunk meg a kollégium, illetve a kiképzőközpont felé. Megpróbáltam elbújni a fiúk között, hogy ne tűnjön fel senkinek az ottlétem, csakhogy az első alkalommal kiszúrtak. Jól megmustráltak a fiúk, mint egy darab húst. A barna srác valahogy mellém keveredett a buszon, amit nem néztem túl boldog szemmel, de mivel sokan voltunk, a busz megtelt. Bámultam ki az ablakon, nem vettem tudomást a mellettem ülő fiatalemberről, merthogy az volt. Mivel amerikai létükre mind angolul beszéltek, én meg az iskolában nagyon könnyen tanultam a nyelveket, így minden szavukat értettem, csak ők ezt nem tudhatták.

Csak bámultam ki az ablakon, nem vettem tudomást a mellettem ücsörgő fiatalemberről. Szaladtak el a szemem előtt az utcák, a boltok, mégis érdekesnek találtam Bostont. A hatalmas felhőkarcolókat és gyönyörűen kialakított belvárost elhagyva a külvároson, azon belül is a gyárnegyeden hajtott keresztül a busz, és végül megállt egy impozáns épületegyüttes előtt. Nem volt időm alaposan megnézni, de azért feltűnt hatalmas mérete. A srác felállt mellőlem, és amint megállt a busz, az elejébe sétált, majd felénk fordult:

– Scott Andrews őrmester vagyok, maguk pedig mostantól a Bostoni Katonai Akadémia elsős kadétévfolyama. Én kaptam a megtisztelő feladatot, hogy magukból, fiókákból, igazi katonát faragjak. Nem lesz egyszerű a feladatom magukkal, így ne várjanak tőlem könyörületet. Az akadémián csak a legtehetségesebb és legkitartóbb maradhat életben. Aki nem képes gyorsan alkalmazkodni az akadémia szabályaihoz és működési rendszeréhez, az hamar ki fog hullani az iskola rostáján. Kívánhatnék kellemes időtöltést és jó tanulást, de attól tartok, akkor nem volnék őszinte magukkal. Nehéz időszak vár magukra, de aki segítségre szorul – látni fogom, ki az –, és megérdemli, annak persze lesz segítsége. Most pedig emeljék fel a hátsójukat és szálljanak le a buszról. Szaporán!

A hangja kellemesen reszelős volt, bár megvallom őszintén, hogy nem a hangja érdekelt abban a pillanatban. Felkaptam a hátamra a zsákot, és a lökdösődő sor végén végül leszálltam a buszról. Sorba fejlődtünk, és az őrmester után libasorban elindultunk az üveg főépület felé.

Beosztottak minket a kollégiumi szobákba, majd eligazítás volt, és egységekbe soroltak. Az azért azonnal feltűnt, hogy nagyon kevés lány van rajtam kívül. Összesen hárman voltunk, és mindhárman egy szobába voltunk beosztva, két külön egységbe. Az egységemen belül csak én voltam egyedül nő, a többiek mind fiúk voltak, és tudtam, hogy én leszek az első számú célpont. Ellenem összefognak majd, és ki akarnak rúgatni. Ám azt is tudtam, hogy ezt nem fogom hagyni olyan könnyen. Apám eltűnése érdekében muszáj volt végigcsinálnom, ha lesz segítségem, ha nem. Sem az őrmesternek, sem pedig a társaimnak nem hagyom magam.

VIII. fejezet

Andrews tényleg nem könnyítette meg a dolgunkat. A gyakorlati órák mellett lehetett néhány elméleti órán is részt venni, de többségében gyakorlatok voltak. A kiképzés részét képezte az állóképesség-fejlesztés, a küzdősportok, és persze a lövészet. Nem mondom, hogy nem volt nehéz. A gyakorlati feladatok mellett azok nehézségeinek ellenére mégis részt vettem anatómia- és elsősegélyórákon is. Az első héten meg kellett tapasztalnom, hogy az őrmester mennyire is komolyan gondolta, amit a buszon mondott nekünk. Kesztyűs kézzel bánt velünk. Annak ellenére, hogy a szobatársaim odavoltak érte, én megtartottam a távolságot mindenkivel szemben, de az azért nekem is feltűnt, hogy Andrews nem rossz képű, sőt kifejezetten az ellentéte. Akkoriban azonban a szívem még Lukaszé volt, és eldöntöttem, mikor elhagytam Lengyelországot, hogy soha többé nem lesz senki, akinek a szívemet odaadom. Már csak a katonaság miatt sem. Azzal is tisztában voltam, hogy Andrews nem az a fajta, aki kikezdene egy diákjával. Túl merev volt ehhez, és etikátlan is lett volna. Meg persze mi azért fiatalabbak is voltunk nála. Hagytam a lányokat fantáziálni, de sosem folytam bele. Megmaradtam magamnak, és csináltam a feladatomat. Hamar rá kellett jönnöm, hogy nem lesz egyszerű, sőt meg is nehezítik nekem, de én nem adtam fel. Az őrmester minden egyes nap próbára tett, és bár sosem feleltem meg, de próbálkoztam. Kemény volt mindenkivel, azonban én keményen dolgoztam az elismeréséért, amit sosem kaptam meg. Sokkal többet edzettem és gyakoroltam, mint a többiek, így még ha nem is ment a munka, meglátszott rajtam. Erősödtem és gyorsultam. Ami pedig a lövészetet illeti, abban én voltam az egység legjobbja. Talán ez volt az egyetlen dolog, amit Andrews elismerő pillantással figyelt. Egyébként sosem volt hozzám egy jó szava sem.

Magamnak való lettem, egyedül csináltam mindent és magányossá váltam. Nem voltak barátaim, de nem is barátkozni voltam az akadémián. Soha senki nem tántoríthatott el attól a céltól, amiért odakerültem: megkeresni apát. Minden nehézségen ez a gondolat lendített át. Akkor is, ha meg akartak buktatni, vagy bevádoltak valami valótlan váddal az őrmesternél, hogy eltávolítsanak az akadémiáról. A tanulás, a vizsgák és a sok gyakorlás megtette a hatását. A magának való lány minden visszatartás ellenére letette az első félévet, méghozzá nem is akármilyen eredménnyel, amit persze nem mindenki nézett jó szemmel. A csoporttársaim ugyanis féltékenyen figyelték a fejlődésemet, és minden lehetséges eszközzel hátráltatni akartak, aminek persze különböző megnyilvánulásai voltak. Volt, hogy eltűntek a dolgaim; olyan is, hogy csúnyán elbántak velem egy-egy edzésen, de a legdurvább mégis csak az volt, mikor az éjszaka közepén törtek be a kollégiumi szobámba, és bár a lakótársaim nem voltak ott, engem csúnyán megvertek. Biztos voltam benne, hogy ha ez Andrews fülébe jut, az illetékesek repülni fognak, méghozzá úgy, hogy a lábuk sem éri a földet. Teljesen biztos voltam benne, hogy az őrmester kemény kézzel fog bánni velük, főleg, ha el tudom mondani, hogy kik voltak a támadók. Eldöntöttem, hogy az álommal a támadókat is elfelejtem, a kilétükkel együtt. Sokáig aludtam. Szerencsére nem sok dologról maradhattam le, de nekem, maximalistának ez olyan volt, mintha fogat húztak volna. Az akadémia orvosi szárnyában ébredtem, és az elsősegélyt oktató tanáromat, illetve Andrews-t találtam magam mellett a szobában. Előbbinek felragyogott az arca, amikor látta, hogy magamhoz tértem, míg utóbbi ugyanolyan gondterhelt arckifejezéssel figyelt, mint ahogy azt az órákon szokta. Egymásra néztek, mielőtt Mr. Buttler belekezdett volna a kérdezősködésbe:

– Gondolom, kisasszony, fogalma sincsen, hogyan került a gyengélkedő szárnyba. – Megráztam a fejemet, de még szédültem kicsit. – Arra sem emlékszik, hogy a kollégiumi szobájában aludt?

– Arra… igen – füllentettem. A szám ki volt száradva, a hangom reszelősre sikerült. Valójában ugyanis pontosan tudtam, mi történt. Felborítottak ágyastól, aztán ütni és rúgni kezdtek, ahol értek, addig, míg ájulás nem lett belőle.

– Emlékszik valamire, Zajac? – kérdezte most már türelmetlenül Andrews. – Arra esetleg, hogy kik támadtak magára?

– Nem, uram – tagadtam, és tudtam, hogy előbb vagy utóbb ki fogja deríteni. Hallottam felőle egy ideges fújást, aztán hirtelen mellettem termett és leült az ágyam szélére. Az arcán komoly kifejezés ült; ha nem ismertem volna olyan jól, azt hihettem volna, hogy aggódik.

– Ne haragudjon, kisasszony, de nem hiszek magának. Ilyen sérüléseket nem okoz akármi. Tudnom kell, hogy mi történt magával, hogy példát tudjak statuálni. Próbáljon meg visszaemlékezni, kik verték meg.

– Nem tudom, uram, és később sem fogok emlékezni rá. Sajnálom, de nem tudok segíteni.

– Miért védi őket? Biztos lehet benne, Zajac, hogy ők a maga helyében azonnal elárulják, hogy ki tette.

– Akkor sem fogok emlékezni rá, ha még félóráig itt nyaggat, uram.

– Andrews, a kisasszony elfáradt és pihennie kell. Még nincs jól ilyen faggatózáshoz.

– Értem, Buttler. Nekem nem fog elmondani semmit, de ha lehet kérnem és megtud valamit a bűnösökről, azonnal tájékoztasson.

Az őrmester felállt az ágyamról és az ajtó felé indult, de még visszalépett Mr. Buttlerhez:

– Kérem, tegyen meg érte mindent, hogy egészségesen térjen vissza a tanulmányaihoz. Ha pedig valami baj történne, arról is azonnal szóljon nekem.

– Rendben van, kolléga, ne aggódjon. Maga lesz az első, akinek szólni fogok.

Ezzel Andrews hátat fordított, és kilépett az ajtón, míg Buttler leült a megüresedett helyre mellém:

– Kisasszony, én nem akarok beleszólni. Maga tudja, mit akar mondani és kinek, de ez olyan dolog, amiről nem hallgathat. Nem tisztem tudni, kit akar megvédeni, de legyen vele tisztában, hogy az illető nem érdemli meg a védelmét. Nagyon csúnyán helybenhagyták, és ebből akár maradandó sérülések is lehetnek.

53

– Andrews-nak nem kell tudnia, tanár úr. Ne legyenek miattam kirúgások.

– Ez azért nem egy egyszerű eset. Ennek csúnya következményei lehetnek.

– De nem nekem, uram. Én már megkaptam tőlük, ami tellett. Engem már nem érdekel, csak el akarom végezni, amiért ide jöttem. Pont Andrews őrmester volt, aki belém verte az alázatot és a hűséget. Nem leszek áruló.

– Ahogy akarja, kisasszony, nem szólok az őrmesternek, de ez nem a helyes eljárás.

– Így becsületes, tanár úr. Apám is erre nevelt.

– Rendben van, kisasszony. Most pedig pihenjen. Szüksége van rá.

Már nem figyeltem rá többet. Oldalra fordítottam a fejemet és ismét elaludtam.

Még jó pár hétig nem keltem ki a kórházi ágyból. Mindenféle kontrollvizsgálatokat végeztek, kiderült ugyanis, hogy eltörték két bordámat és a kulcscsontom is elrepedt. Jót tett a fekvés, nem is nagyon zavartak. Az orvos persze napi szinten jött vizitre, de egyébként csak nagyon ritkán látogattak. Azt persze nem tudhattam, hogy Andrews mindennap ment a kezelőorvosomhoz, és faggatta rendesen az állapotomról. Mivel nem beszéltem az orvossal sem a történtekről, a nyomozása elakadt. Mr. Buttler is tartotta magát a megállapodáshoz – nem szólt neki –, így az őrmester néhány hét múlva újra meglátogatott. Akkor már kevesebbet aludtam és többet voltam ébren. Akkor is ültem az ágyon és éppen könyvet olvastam, mikor bedugta a fejét az ajtón. Az rögtön feltűnt, hogy nem is olyan merev, mint szokott lenni. Furcsán elmosolyodott, mikor látta, hogy az ágyon ülök.

– Szép napot! – üdvözölt. – Jó látni, hogy jobban van, Zajac.

– Önnek is szép napot, őrmester.

Betette maga után az ajtót, és megállt az ágyam végében. Láttam rajta, hogy feszeng, de közben szemügyre is tudtam venni. Gesztenyebarna haja katonásra volt vágva. Az arca szigorú, szemének szúrós pillantása most valahogy lágyabbá vált a megszokottnál, ahogy belefúrta a pillantását az arcomba.

– Mi járatban? – kérdeztem most már én is feszengve.

– Csak még egyszer meg akartam kérdezni, mire emlékszik. Tudom, hogy védi azokat, akik bántották, és Buttlertől azt is megtudtam, hogy nem akar áruló lenni. Ezért alkut ajánlok magának. Nem leszek velük kemény, és ígérem magának, hogy még csak kirúgni sem fogom őket, bár megérdemlik azok után, amit magával műveltek, csak kérem, legyen velem őszinte. Máskülönben nem tudok segíteni.

– Néhány csoporttársam féltékeny rám a teljesítményem miatt. Ennyit tudok mondani.

Andrews csak sóhajtott egyet, majd az ágyam melletti üres széken foglalt helyet.

– Már ne is haragudjon, Zajac, de a teljesítménye kiváló. Nem csodálom, hogy féltékenyek, de ez még nem ok egy ilyen aljas húzásra.

– Én csak ennyivel tudok szolgálni, uram.

– Nézze, nem irigylem a helyzetét. Az állapota javul, egyre erősebb lesz, hamarosan visszatérhet közéjük. Amilyen kitartó, kisasszony, még azt is kinézem magából, hogy sokra viszi a seregnél, ugyanakkor azt is tudom, hogy azok között a fiúk között milyen nehéz a verseny. Nem voltam valami nyitott a csoport felé, ezt elismerem, de most engedje meg nekem, hogy korrigáljak a hibámon. Szeretném, ha tudná, hogy megbízhat bennem. Bármilyen gondja is van a társaival, a tanulással, vagy akármivel, forduljon hozzám nyugodtan és megpróbálok segíteni.

– És a szabályzat, uram? – kérdeztem érdeklődő pillantás kíséretében, mert kíváncsi voltam, hogyan fog reagálni.

– Azt nem tiltja, hogy segítsek azoknak, akiknek szükségük van rá. Ez persze nem jelenti azt, hogy maga, Zajac, kivételt fog képezni. – Ügyesen kivágta magát, amin elmosolyodtam. – Csak azt mondom, ha esetleg nem boldogul valamivel, akkor – akárcsak bármelyik kollégámhoz – hozzám is forduljon bizalommal.

– A csoporttársaim az éjszaka közepén felborítottak ágyastól, utána pedig jól megvertek, őrmester. Ennél többet nem tudok mondani. Magának kell kideríteni a neveket.

Megrándult az arca, jól láttam. Segítséget várt tőlem, és tudtam, hogy most cserben kell hagynom, ám magamban eldöntöttem, hogy ez többet nem fog előfordulni. Azt hiszem, aznap tényleg próbált nyitni felém. Amíg lábadoztam, sorban küldte a csoporttársaimat látogatóba, amit persze nem mindenki vett jó néven, de senkinek eszébe nem jutott volna ellenkezni Andrews-zal. Így is megnehezítette az életüket miattam. Volt, aki csak ült mellettem tíz percet, de olyan is volt, aki beszélgetést kezdeményezett. Azt persze nem tudhattam, hogy a dologgal célja van az őrmesternek, ahogy azt sem, hogy még egy hét után is büntette őket. Plusz feladatokat és gyakorlatokat kellett végezniük, emellett pedig meg lettek fenyegetve, hogy addig folytatja ezt, amíg a tettesek fel nem adják magukat. Mikor az egyik fiú dühében elmesélte, hogy mi van velük, meglepődtem. Az őrmester tényleg ki akarta deríteni, kik voltak, és nem válogatott a módszerek között.

Gyógyulásom viszonylag lassú volt, de végül újult erővel állhattam neki a tanulásnak. Ott folytattam, ahol abbahagytam, aminek még két év kemény munka után egy katonai diploma lett a gyümölcse. Nem mentem haza a diploma után, ahogy a bostoni tartózkodásom alatt sem voltam otthon. Ez persze nem jelentette azt, hogy nem beszéltem velük. Tartottuk a kapcsolatot telefonon és interneten keresztül. Mindenki jól volt, nem kellett miattuk aggódnom. Még Lukasz is írt nekem hetente egy e-mail-t. Megírta, hogy hiányzom neki, de igyekszik elfoglalni magát. Bár az érzelmi kapcsolatunk véget ért, a barátságra továbbra is vigyáztunk. Egészen addig nem tudtam, hogy a diploma csak az első fele volt a dolgoknak.

IX. fejezet

Talán csak azt felejtettem el említeni, hogy Andrews őrmester a záróvizsga előtt három hónappal átadott minket Buttler tanár úrnak. Nem mondta meg az okát, de még csak nem is tőle tudtuk meg, hogy elmegy. Ez valahol rosszul érintett. Nem tudtam, miért, de sajnáltam, hogy nem láthatja, ahogyan évfolyamelsőként végzek, főleg a lövészet és az elsősegély terén. Még az állóképesség-gyakorlatok is simábban mentek, mint a verés előtt. A bűnösöket végül felelősségre vonta, mielőtt elutazott – igaz, betartva, amit nekem ígért, nem rúgatott ki senkit. Viszont elérte, hogy az illetők maguktól távozzanak. Nem tudom, milyen eszközt használt, de elérte, amit akart. Az is igaz, hogy nekem azért elmondta, hogy mire jutott. Az egyik óra után, a gyakorlópálya mellett megállított, mielőtt távozhattam volna:

– Nem mondott semmit, kisasszony, ami dicséretes. A társai, akik bántották, maguktól kerestek meg. Ahogy ígértem magának, nem rúgják ki őket, de az ügyben a rektor úr fegyelmi eljárást kért. Ez ellen nem tehettem semmit.

– Köszönöm, őrmester, hogy őszinte volt, és hogy betartotta az ígéretét – mondtam neki halkan, miközben kicsit közelebb jött hozzám.

– Remélem, sikerül elérni azt a célt, amiért idejött, kisasszony. Ha esetleg nem lennék itt, mikor átveszi a diplomáját, szeretnék elnézést kérni, ha a tanulmányai alatt esetleg bántottam. Nem volt szándékos, de muszáj volt megtanítanom a katonasághoz szükséges alázatra.

– Gondolom, sikerrel járt – mondtam határozottan, mire Andrews elnevette magát.

– Azt én nem tudhatom – válaszolt mosolyogva. – Csak a dolgomat végeztem. Sok sikert kívánok a továbbiakhoz, Emilia Zajac. Remélem, nem lesz több szerencsénk egymáshoz.

Akkor még nem tudhattam, hogy azért mondta ezt, mert még ő sem tudhatta, hogy a diplomaosztó után minden végzős egységet bevetnek: a 2001-es évfolyam minden egysége az afganisztáni frontra lesz vezényelve. A New York-i terrortámadás híre Bostont is elérte, és mivel nem volt lehetőségem hazalátogatni, hát kénytelen voltam elfogadni, hogy közlegényként bevonulok. Buttler mindenkit felkészített az indulásra előképzéssel, és pontosan egy héttel az út előtt mondta el nekünk, hogy az úticél az afganisztáni háború. Az október már pakolással, levélírással és felkészüléssel telt, majd elérkezett az utazás napja is. Katonai utasszállítóval még nem utaztam, hát még utána a chopper, de azért érdekes élmény volt. Azzal azonban senki sincs tisztában, milyen egy másik, számára idegen világ, márpedig Afganisztán egy teljesen idegen kultúrával és értékrenddel rendelkező közeg volt. Még az éghajlat is forróbb volt, mint amit ismertünk, és tudtam, hogy a sivatagi levegő sokkal szúrósabb, nehezebb, mint az otthoni vagy az amerikai. Minden új volt és ismeretlen.

Az egység a kiszállás után a katonai tábor felé vette az irányt. A holmink nehéz volt, de a súly meg sem kottyant. Legalábbis nekem. Sétáltunk a homokban, a csapat azonban nem a lába elé figyelt. Mindenki a sivatagi sziklák látványát figyelte. Gyönyörű környezetben hatalmas szilák meredeztek az ég felé. A sárga keveredett a zölddel és a szürkével. Szokatlan trió, mégis szép volt. Hozzá voltunk szokva a meneteléshez: Andrews kemény munkának vetett alá minket a kiképzés alatt. Meg sem kottyant a sok kilométeres gyaloglás a katonai táborig.

Sok idő volt, de végül tényleg odaértünk. Nem mondom, hogy nem volt fárasztó, de megérte. A tábor pont egy völgyben helyezkedett el, és elég terebélyes volt. Csak úgy hemzsegett a kivezényelt katonáktól, mint a felbolydult hangyaboly. Leereszkedtünk, és a vezetőink a bejárathoz irányítottak minket. Mindenki kapott beléptető kártyát, majd az egyik közlegény a táborbeli helyünkre vezetett minket. A barakkban aztán szemben találtuk magunkat az egységünk parancsnokával, James Heyle-vel. Ezredesi rangban, és nagyon szigorú mondhatni, már-már kegyetlen ember hírében állt. Az akadémián még hallottunk is róla: általában vele rémisztgettek a felsőbb éves kadétok. Azonnal eligazítást szervezett. Le kellett tennünk a holminkat, és vigyázzban álltunk sorban. Az ezredes mindenkit megmustrált egyesével, majd belekezdett életem első éles eligazításába:

– Üdvözlöm magukat a világ másik végén lévő legmélyebb pokolban. Reméltem, hogy nem én kapom a következő pelyhes seggű kadétcsoportot, de sajnálatosan megnyertem magukat. Mostantól az én felelősségem, hogy maguk darálthúsként vagy katonaként kerülnek ki innen. Azt mindenesetre elmondhatom maguknak, hogy nem fogok kislányokat pátyolgatni. Amit sürgősen az eszükbe vésnek: hogy a parancsaimat minden körülmények között megtartják, ha nem, akkor számolnak a következményekkel. Most pedig körbejárják a tábort, és lesznek szívesek megkeresni az itteni testőreiket. Az afgán barátaink a tálibok elleni harcokban támogatásképpen testőröket neveznek ki maguk mellé. Nem hagyhatják el őket, és nem ajánlom, hogy lerázzák őket. Azzal nekik tesznek rosszat. Az afgán önkéntesek felelősséget vállalnak magukért, és a családjuk életével játszanak, ha magukkal történik valami. Indulás.

Csomag nélkül lépkedtünk libasorban kifelé a barakkból. Elindultunk a kért irányba. Az egyik gyakorlótérre érve kisgyerekeket pillantottam meg. Sorban ácsorogtak a napon, mind barna bőrű volt és furcsa ruhákat, mondhatni jellegzetes arab ruhákat viseltek. Láttam köztük kicsit, nagyot, fiatalt és öregebbet, mégis az első gondolatom az volt, hogy ha van Isten az égben, akkor miért hagyja, hogy ilyen fiatal gyermekeknek kelljen megvívni mások háborúját. Minden kisgyereken láttam valami furcsa félelemfélét. Egyik lábukat váltogatva ácsorogtak, és figyelték az eseményeket, az új jövevényeket. Csak bámultunk egymásra: ők minket, mi őket.

Hallottam néhány arab szót, mire a gyermekek sorba fejlődtek. Miközben elkezdték sorolni a párosításokat, mellém egy vékony, látszatra éhező, kis barna, manóarcú fiú került. Mikor mindenki megkapta a testőrét, Heyle tovább folytatta az eligazításunkat:

– Ezek a fiúk a maguk életbiztosítása. Tudják, mi történik, ha bajba kerülnek. Na, de még valami. Maguknak kell megtanítani őket a nyelvünkre, mert csak törik az angolt, viszont fiatalságuk révén gyorsan tanulnak. Sok sikert a közös munkájukhoz. Szóval ha valaki korábban azt mondja, hogy ez könnyű lesz, akkor kinevetem csípőből. Nem volt könnyű, korántsem. Küzdöttünk a szokatlan meleggel, a mindennapi készültséggel, és ami engem illet, én a kis testőrömmel, Alival is küzdöttem. Csúnyán fogalmazva buzgómócsing volt, nem lehetett levakarni, és a tetejébe folyton követett mindenhova, elvéve a magánszférámat. A legrosszabb az volt, hogy nem tudtunk kommunikálni. Tényleg törte az angolt, de nem sokat értett abból, amit mondtam neki. Így aztán a napok tényleg pokollá változtak. Szolgálatteljesítés ritkán volt, inkább őrködést, váltást kellett vállalni, ugyanakkor folyamatosan képeztek bennünket a tálibokkal való találkozásokra. Tanultam és szívtam magamba minden tudást, amit Heyle elmondott róluk. Jól felszereltek voltak, elszántak, és semmitől sem féltek. Még attól sem riadtak vissza, hogy felrobbantsák magukat. Mivel Ali nem értett meg, hát kénytelen voltam belátni, hogy nekem kell megtanulni afgánul vagy arabul. Van az a mondás, miszerint ha a hegy nem megy Mohamedhez, akkor Mohamed megy a hegyhez. Így aztán szereztem egy afgán-angol szótárt és tanulni kezdtem, a szabadidőmben persze. Ali folyamatosan igyekezett tanulni tőlem, vidám volt, és próbált engem is felvidítani a szomorúbb napokon. Lassan, de biztosan megismertük egymást és barátok lettünk. Megállapodást kötöttünk, hogy biztosítjuk a másik biztonságát, cserébe én megtanítom Alit angolul, ő pedig engem arabul, és a saját nyelvére, az afgánra.

Nem volt az teljesen rossz, hogy mellettem volt. Valahogy mindig megnyugtatott, mert annak ellenére, hogy az első hónapokban nem vetették be az egységünket, azért nem voltam nyugodt. Tudtam, hogy ami késik, az nem múlik el. Egyszer, talán már eltelhetett hat hónap is, a szolgálatból Heyle új utasításokkal állított be a reggeli eligazításra. Köztük az első bevetésünk hírével is. A dolog azonban nem mindenkit töltött el szomorúsággal, a társaim ugyanis már kezdték unni a fejüket, elegük lett a folyamatos őrségből és gyakorlatozásból. Ölni akartak. Én nem tartoztam azok közé, akik várták a bevetést – Ali meséiből így is tudtam, hogy a tálibok már amúgy is sok amerikai katonát megöltek. Már az első említésre hideg futkosott a hátamon. Hatalmába kerített a félelem, de egy pár mély levegővétel után nagyjából sikerült megnyugodni. Hirtelen eszembe jutott Scott Andrews. Furcsa volt, hogy most, mikor éppen a feladatomra kellene koncentrálnom, akkor jut eszembe. Tudtam, hogy őt is kivezényelték. Nem mondta meg, hogy hová, de mélyen belül az utolsó beszélgetésünkre gondolva rá kellett jönnöm, hogy azt akarta közölni, hogy ide fogják küldeni. Aztán eszembe jutott apa, és eldöntöttem, ha sikerül az első bevetésről visszatérni, akkor Andrews-t is meg fogom keresni. Ha már apámért nem tehetek semmit, legalább a kiképzőtisztem élje túl.

A feladatunk az volt, hogy egy tálib területen ragadt másik egység életben lévő tagjait megtaláljuk és kihozzuk. Az ezredes maga vezette a mentést. Megkaptuk a puskákat és az ellátmányt, majd még a reggeli előtt felraktak minket a teherautókra. Ali végig, egész úton ült mellettem. Tudtam, hogy nehéz neki a fegyver, így megbeszéltem vele a felszállás előtt, hogy csak a töténytárat hozza, a többit én viszem. A falu, ahova igyekeztünk, a völgy másik felében volt, a táborral átellenesen, kb. negyven kilométerre nyugatra. Végig figyeltem a térképet. Úgy két kilométerre a céltól leszállítottak minket a teherautókról, és gyalog kellett folytatni. A forróság szinte marta a torkomat, de nem zavart túlzottan: lassanként hozzászokott a szervezetem. Emellett pedig egészséges izgalom járt át, valamifajta reményfélével megtöltve a lelkemet, ami erőt adott a feladat elvégzéséhez, bárhogyan alakuljon is.

X. fejezet

A falu csendes volt, mindenhol füst terjengett. A csend szinte sértette a fülemet. Heyle utasítására szétszóródtunk, és mindenki keresett a területen túlélőket. Parancsba kaptuk, ha valami gyanúsat látunk, azonnal szólunk a rádión, értesítve ezzel a többieket. Lőni csak vészhelyzet esetén lehetett. Alival lassan haladtunk, és a lehető leg csendesebben. Én mentem előre, Ali pedig szorosan a sarkamban. Egyik utcát hagytuk el a másik után, mikor a közelünkben, talán két utcával arrébb, felrobbant valami, a detonációt követően pedig éktelen kiabálásra lettünk figyelmesek, amit közvetlenül azután fegyverropogás követett. Alival egymásra néztünk, és a szemében azonnal láttam, hogy arra kell mennünk. Azt tudtam már az első naptól fogva, hogy Ali nem az a megfutamodó típus, így aztán elindultunk abba az irányba, de mikor odaértünk, borzasztó látvány tárult a szemem elé. Egy amerikai teherautót felrobbantottak, és hogy a helyzet a mentésre kivonulóknak se legyen könnyű, hát ottmaradtak őrizni az égő autót, és lőttek mindenkire, aki a közelébe ment.

– Most mit fogunk csinálni? – kérdezte tőlem Ali a maga tört angoljával, bár már tanulta egy ideje.

– Keresünk túlélőket. Én elcsalom ezeket, te pedig bemászol az autóba és keresel túlélőt – mondtam neki azonnal, mire a kezembe nyomta a fegyvertárakat és csendre intett. Majd elkurjantotta magát és kilépett a sarokról, ahol ácsorogtunk az utcára. A fegyveresek észrevették, bár aki nem hallja azt a kiáltást, az süket, ezután Ali elszaladt az ellenkező irányba, a férfiak pedig utána, őrizet nélkül hagyva a teherautót. Amikor már nem hallottam a kiabálásukat, bedugtam a táskámba a tárakat, a fegyvert pedig a vállamra akasztottam és a lehető leggyorsabban a teherautóhoz szaladtam. Lefeküdtem mellé, és azonnal érzékeltem, hogy sokan vannak benne. A többségük halott volt, de mikor beljebb másztam, észrevettem egy ismerős bakancsot. Át kellett másznom néhány hullán, amitől felfordult a gyomrom, és arrébb is kellett taszajtani egyet, hogy hozzáférjek az ismerős bakancshoz. Akkor ijedtem meg igazán, mikor megpillantottam Scott Andrews sebes arcát. Azonnal kitapogattam a pulzusát, és szerencsémre, vagy az övére, azt nem is tudtam akkor, gyenge volt, de legalább tudtam, hogy életben van. A problémát inkább az jelentette, hogy az autó még simán felrobbanhatott, és nekem ki kellett onnan szednem valahogy.

– Isten az égben, ha hallasz, most segíts meg! – motyogtam, miközben takarítottam az útból a testeket, hogy utat tudjak csinálni kifelé. – Könyörgöm neked, ne engedd meghalni, csak ennyit kérek.

Megragadtam Andrews bakancsát, és húzni kezdtem magam után. Nehéz volt, de ki kellett tartanom, meg kellett tennem. Ő is megtette volna értem. Mire kivergődtem vele a teherautóból, újabb fegyverropogást hallottam nagyon közelről. Az őrmester még mindig nem volt magánál, de csak akkor tűnt fel, hogy csúnya sérülései vannak. Nemcsak az arca, de az egyik válla és a kulcscsontja is rossz szögben állt, a belső sérüléseit pedig megmondani sem tudtam. Leguggoltam hozzá, próbáltam magához téríteni, de nem reagált semmire. Ali rohanvást érkezett, rám hozva a frászt:

– Sietni kell. Mindjárt itt lesznek.

– Akkor segítsd a hátamra, el kell innen mennünk.

– Csak ő maradt?

– Igen, azt hiszem. Nem volt időm alaposabban körülnézni, de sietnünk kell, nincs sok ideje. Minél hamarabb orvoshoz kell juttatnunk, különben meghal.

Ali nem tétovázott, felsegítette a hátamra Andrews-t, majd elindultunk arra, amerre jöttünk. Nehéz volt a terhem, de megérte. Kénytelen voltam a fegyvert is Alira bízni, és nem sokkal később hallottuk a teherautó robbanását. A rádión keresztül bejelentettem a helyzetünket, és elindultunk a megbeszélt találkozóhelyre. Talán megtehettem még hatszáz métert, azaz nagyjából két sarkot, mikor Andrews nyöszörögni kezdett.

– Megállunk, Ali. Kezd magához térni, le kell tennem.

Egy beugró kapualjban megálltam, és leeresztettem a sebesültet a földre.

– Hall engem, őrmester? – kérdeztem tőle fojtott hangon, mire Scott végre résnyire ugyan, de kinyitotta a szemét. – Ne válaszoljon, csak pislogjon, ha igen.

Kaptam tőle egy pislogást, amitől hatalmas kő esett le a lelkemről.

– Zajac vagyok, Emilia Zajac. Segítenie kell nekem, muszáj ébren maradnia, érti?

Újabb pislogás jelezte, hogy megértette.

– Ki fogom innen juttatni és meg fog gyógyulni, de most nem alhat el, uram, akármi történik, maga nem adhatja fel. Most pedig indulunk. Kapaszkodik és kitart.

Mintha valamiféle mosolyt láttam volna átsuhanni a szája szegletén, de nem volt időm jól megfigyelni. Ali megint felsegítette a hátamra, majd a zsákkal a hátán és a fegyverrel a kezében újra elindultunk a találkozási ponthoz.

Messze volt, vagy csak én éreztem hosszúnak, nem tudnám megmondani. Azt hiszem, nem is tudtam akkor másra gondolni, csak arra, hogy ha már kimentettem egy sebesültet egy égő autóból, akkor legalább ne a vállaimon haljon meg. Azt főleg nehezen vette volna be a gyomrom, hogy még ismertem is. Folyamatosan beszéltem hozzá, megkértem, hogy mindig szorítson a kezemen, amit a keze alá csúsztattam, hogy ellenőrizni tudjam, magánál van-e. Magamban pedig csak imádkozni tudtam, hogy ne legyen késő.

Végül aztán csak odaértünk. Ali segítségért szaladt; nem is kellett messzire mennie. A társaim azonnal a segítségemre siettek, az ezredes pedig hívott egy helikoptert. Szerencse volt, hogy már messze voltak a tálibok ahhoz, hogy elérjenek. Előkerült egy hordágy a helikopterből, amire ráfektették Andrews-t, én távolabbról figyeltem az eseményeket, válaszoltam a kérdésekre, de csak gépiesen, mert közben folyamatosan az őrmester arcát figyeltem. Magánál volt, és az arcomra függesztette a pillantását. Még akkor is, mikor a helikopterhez vitték a hordágyon.

– Szép volt, Zajac. Megmentette a hadnagy életét. Maga volt az egyetlen hős itt ma. A többieket mind lemészárolták a rohadékok – mondta nekem mellém lépve Heyle.

– Hadnagy? – kérdeztem gépiesen.

– Igen. Andrews az elmúlt hónapokban több társát is megmentette, ezért a vezetés előléptette. Na, jöjjön, szálljon fel a kocsira, már jó kezekben van. Nem kell féltenie. A hadnagyot kemény fából faragták.

Indultam volna, de nem mozdult a lábam. Csak a felszálló helikoptert néztem. Mielőtt eltűnt volna a szemem elől, megfogadtam, ha bárkiért meg kell tennem még egyszer, kerüljön akár az életembe, megteszem. Ugyanakkor azt is megfogalmazódott bennem, hogy meg kell látogatnom Andrews-t, ha már jobban lesz.

Visszatértünk a táborba. Tényleg én voltam a nap hőse, bár inkább a régebb óta itt lévő egységek tagjai között. A kantinban kerestek meg vacsora után, hogy köszönetet mondjanak, amiért megmentettem a társuk életét. Már végeztünk a kásával, én is és Ali is, mikor megálltak az asztalunk mellett néhányan.

– Magát hívják Zajacnak? – kérdezte az egyik férfi, aki megállt mellettem.

– Igen – fordultam felé. – Ki kérdezi?

– Brian Hunter őrvezető vagyok. Úgy hallottuk, ön húzta ki Andrews hadnagyot a faluban abból az autóból.

– Csak azt tettem, amit a hadnagy is megtett volna másokért. Hogy van, tudnak róla valamit?

– Ne aggódjon miatta. Hála magának, amint visszaértek a helikopterrel, megműtötték. Tőle jöttünk magához. Magát hívta, mielőtt elaludt volna. Most még pihen, de szeretnénk, ha meglátogatná, mikor felébred. Valami nagyon fontosat akarhat mondani.

– Nekem? De hát…

– Nyugodjon meg, közlegény. Valószínűleg csak meg akarja köszönni magának, amit érte tett.

– Mikor lesz alkalmas a látogatás?

– Fogadja először tőlünk a köszönetet. Nélküle összevonnák az egységünket egy másikkal. A hadnagy az egységünk parancsnoka, és nem mellesleg a barátunk. Sokkal tartozunk magának, úgyhogy kérem, ha bármire szüksége van, csak szóljon nekünk.

– Csak meg szeretném látogatni a hadnagyot. Ennél többet nem tehetnek meg értem, de ha mégis szükségem lesz valamire, akkor majd szólok.

– Azt reméljük is. Ha maga nem segít a hadnagyon, most egy másik egység tagjai volnánk, parancsnok és barát nélkül.

– Azért értesítsenek, ha megtudnak valamit az állapotáról.

– Persze, mindenképpen – azzal otthagytak minket az asztal mellett. Mikor már hallótávolságon kívül voltak, Ali komolyan, de mégis a vicces akcentusával megkérdezte:

– Elmehetek én is veled meglátogatni?

– Eljöhetsz, de csak megfigyelsz – mondtam mire elmosolyodott.

– Ugye fontos neked? A hadnagy.

– Ő volt a kiképzőtisztem Bostonban, Ali. Sokat tett azért, hogy most ott tartok, ahol.

– A háborúban?

– Nem azért vagyok itt, és ezt még Andrews hadnagy sem tudja. Apám itt tűnt el, és tudni szeretném, hogy mi történt vele. Andrews bajban volt, nem hagyhattam ott, Ali. Amikor én voltam bajban, ő is segített nekem.

– Oké. Nem faggatlak, ha nem akarsz róla beszélni. Csak elkísérlek hozzá, ha mész.

Nem vitatkoztam. Aznap este úgyis őrséget vállaltunk a kerítésnél. Így aztán ültünk szótlanul a homokban, és bámultuk a sötétséget. Számba vettem a nap eseményeit és arra jutottam, hogy bőven benne volt a pakliban, hogy meghalhatok, kockáztatva Ali, és persze Scott életét is. Arra is emlékszem, hogy milyen adrenalinlöketet adott, hogy élve találtam meg, és hogy végül tényleg meg fog gyógyulni. Az meg, hogy engem hívott, mielőtt elaludt volna, hát megvallom őszintén, meglepett. Fogalmam sem volt róla, mit akarhatott közölni. Az is eszembe jutott, hogy jobb lesz, ha csak megvárom, míg meggyógyul. Mindegy, meddig kell várnom.

Az éjszaka eseménytelen volt, ahogy annak a hétnek minden éjszakája. Talán a második hét is eltelt, mire rávettem magam, hogy meglátogasam. Nem akartam rárontani, nem akartam zavarni sem; nehezen vettem rá magam, hogy elmenjek hozzá. Pedig a katonatársai már korábban mondták, hogy elmesélték Scottnak, mi történt, és kinek köszönheti az életét. Látni szeretett volna, csak én voltam gyáva. Aztán Ali végül csak addig rágta a fülemet, hogy elmentem a katonai tábor sebesülteknek fenntartott részébe. Persze elkísért, és ő maga érdeklődte meg a hadnagy hollétét. Végül egy elkülönített barakkba vezetett az utunk. Ali kint maradt az épület előtt, míg én bementem.

A barakkban csend volt, majdnem mindenki aludt a sebesültek közül. Csak egy távolabbi ágy mellett égett egy petróleumlámpa, és én azonnal abba az irányba vettem a lépést. Halkan lépkedtem, hogy az alvókat ne ébresszem fel, így nemsokára már ott álltam Scott Andrews hadnagy ágya végében idegesen. Nem aludt. Rögtön észrevett, és félretette, amivel addig foglalatoskodott. Figyeltem az arcát, amely már szebben nézett ki, sokat gyógyult. A többi sérülése miatt az egyik karja az oldala mellé volt kötözve. A másik viszont szabadon mozgott. Kiszáradt a szám, mikor rám nézett és én belenéztem a szemébe. Akkor láttam csak igazán, hogy örül nekem. A szeme felcsillant, és mosolyogva figyelte feszengésemet.

– Tudom, nem nyújtok valami szívderítő látványt.

– Azért jobban néz ki, mint mikor legutóbb láttam.

– Igaz – itt megpaskolta maga mellett az ágya szélét, jelezve, hogy üljek le mellé. – Csak most hallottam, hogy magának köszönhetem az életemet.

Lassan odasétáltam mellé, és leültem úgy, hogy lehetőleg ne okozzak neki fájdalmat.

– A fiúk mindent elmeséltek, amit az ezredestől megtudhattak arról, hogy mi történt velünk. Azt is mondták, hogy én maradtam egyedül.

– Sajnálom, hadnagy, de vagy maga, vagy még két túlélő, és kevés volt az időm. Maga mellett döntöttem.

– Miért?

– Mert ígéretet tettem magamnak, hogy ha esetleg mégis találkozunk, akkor mindent megteszek, hogy tovább idegesítsem, ahogyan azt az akadémián tettem. – Már én is mosolyogtam rá, ahogyan ő. – Hogy érzi magát?

– Csak annyit kérek magától, hogy ne nevettessen, mert az pokolian fáj, de örülök, hogy látom Zajac. Végre én is mondhatom, amit a társaim, gondolom, már sokszor mondtak magának. Köszönöm, amit értem tett. Maga nélkül én most...

– Erre ne is gondoljon, uram! Életben van, és csak ez számít.

Észrevehette a zavaromat, mert ugyan a karjával nem tudott, de a lábával finoman megbökött.

– Jól van, Zajac? Meséljen a mindennapjairól, kérem. Tudni szeretném, hogy viseli, és mióta van itt.

– Hát már megszoktam az időjárást, a nyomást, a meleget. Van egy árnyékom, és abban a faluban sem sikerült még embert ölni, ha erre kíváncsi. Egyébként hat hónapja itt dekkolok.

– Azt kérdeztem, hogy van, nem azt, mit szokott meg. Maga is ezt kérdezte tőlem először.

– Jól vagyok, uram. Ne aggódjon.

– Nem kéne itt lennie. Magának nem.

– Ezt most miért mondja, uram?

– Nem érdekes. – Lesütötte a szemét és nem nézett rám, ebből tudtam, hogy valamit eltitkol előlem, de nem akartam faggatózni. – Mindig maga volt a kis ázott veréb az egységben. A hűséges és megbízható veréb, akire minden körülmények között lehetett számítani, és most már tudom, hogy az egység életét is magára bízhatom. Ha engem kihozott a halál torkából, a társait is védeni fogja ugyanúgy, ahogyan velem tette. Képes volt elcipelni a hátán védtelenül, fegyver nélkül. Még azt is megtette, amit a szabályzat tilt, hogy megfenyegetett, ha feladom a harcot. Erre jól emlékszem. Nem engedett elaludni, és mindenféle zagyvaságot összehordott nekem napsütésről, tengerről, meg a jó ég tudja még, miről.

Elnevettem magam, mikor eszembe juttatta, miről beszéltem neki, hogy ne aludjon el.

– Remélem, hogy tudja, milyen nehéz. Majd' megszakadtam, de nem számított – mondtam halkan. – Csak azért csináltam, hogy életben maradjon. Most pedig ideje pihennie, hadnagy. Mennem kell leváltani az őrséget – álltam fel, de még marasztalt:

– Azért tartsa nyitva a szemét. Örülnék, ha legközelebb is jönne.

– Inkább kerüljön ki innen, hadnagy. Én annak örülnék a legjobban.

– Hát megígérhetem, hogy nem akarok itt megöregedni.

Még egyszer rámosolyogtam, majd elindultam kifelé.

– Még egyszer köszönöm.

XI. fejezet

Teltek a hetek. Meg sem álmodtam, hogy olyan gyorsan telik majd az idő. Igaz, a beosztásom is változott néhány hét alatt. Az egyik bevetés előtt az ezredes jobbnak látta, ha felmegyek egy háztetőre a saját puskámmal és Alival együtt, és onnan lesem a tálibokat. És persze átestem a tűzkeresztségen: lelőttem egy tálibot, aki egy katonatársam életére tört. Azt hittem, rosszul fogom érezni magam utána és valahol belül rossz is volt, de nem volt időm letargiába esni. Az ellenségeink közelebb merészkedtek a táborunkhoz, ugyanakkor a környező falvak környékén is garázdálkodni kezdtek. Szóval a napjaink Alival mozgalmasabbá és veszélyesebbé váltak. A tetőkön való fekvés és a nap sok kárt tett a bőrömben. Sokszor egy-egy egész napos „tetőszolgálat" után, ahogyan mi neveztük, súlyos égési sérüléseket szenvedtem, de a csúnya leégés mellett a napszúrástól jobban tartottam. Összegezve a dolgokat, közlegényből mesterlövésszé léptem elő. A fene sem akarta, mégis így lett. Annyira el voltam foglalva, hogy még csak meglátogatni sem volt időm a hadnagyot, pedig szerettem volna látni. A társai az eset után gyakran érdeklődtek irántam, de mivel nem találkoztunk mindennap, hát elmaradtak. Tudtam, csak Andrews miatt jöttek hozzám, azt viszont nem gondoltam, hogy egy este maga a hadnagy jön leváltani az őrségből.

– Mára végzett, Zajac – mondta határozottan, mint akinek nincsen semmi baja. Megfordultam, hogy lássam az arcát a fáklya fényében. Tényleg egészségesnek tűnt, de a válla miatt még mindig fel volt kötve a bal karja.

– Maga most biztos nem vált le, uram. Megvárom, míg más jön.

– Ez parancs volt, katona – mondta, és kezdett tényleg a bostoni kiképzőre hasonlítani.

– Sajnálom, uram, de a karjával nem engedhetem fegyver közelébe. Még megöli magát nekem, aztán nem ért semmit, amiért az életemet kockáztattam. Menjen vissza aludni.

Scott csak nézett rám értetlenül, majd közelebb jött hozzám, és igyekezett a lehető leghatározottabban rám nézni.

– Egész nap itt ült. Magára is ráférne a pihenés. Értékelem, hogy kímélni akar, a vállam valószínűleg nem bírná el a fegyvert, és igaza van, mégis kérem. Nem kellene ennyi szolgálatot teljesítenie. Így nem fog tudni az éles helyzetekre koncentrálni.

– Annyi időm van, hogy el akarom ütni. Mást úgysem tehetek – bukott ki belőlem a keserűség, akkor már ugyanis egy éve nem engedett az ezredes sem hazatelefonálni, sem pedig eltávra, ahogyan a többieket havonta.

– Miért mondja ezt, Emilia? – kérdezte most már tényleg a lehető legkomolyabban, és mivel visszatelepedtem a homokba hát leült mellém. – Ali?

– Elküldtem aludni, de honnan tudja a nevét?

– A helyettesem mostanában sok időt tölt a kisfiúval. Mesélt róla. Jól teszi, hogy gondoskodik a gyerekről.

– Ő csak egy gyermek. Nem a háborúval kéne eltöltenie a gyermekkorát, de ő kötelességének érzi, hogy vigyázzon rám, nekem pedig már olyan, mintha a kisöcsém volna. Gondoskodnom kell róla.

– Ez dicséretes, de gyanítom, nem ez az oka, hogy ilyen sokat van őrségben.

– Nem számít, miért vagyok annyit őrségben. Hozzátartozik a feladatomhoz.

– Ugyan, Emilia, nekem elmondhatja. Látom magán, hogy valami baj van.

Nem emlékszem rá, hogy valaha is a keresztnevemen szólított volna, mégis jólesett, hogy nem hivataloskodott. Arra volt még időnk.

– Hát jó – sóhajtottam egy nagyot. – Heyle pikkel rám, ezért aztán minden hónapban hazaküld innen két társat eltávra, de én valahogy egy éve nem kerültem még csak a közelébe sem annak, hogy telefonálhassak vagy hazamehessek egy kicsit. Igaz, megelégednék csak a telefonnal, de azt is megvonta tőlem. Az okát pedig nem köti az orromra.

A hangom elhalt, mire a mondat végére értem. A pillantásom is lekaptam az arcáról, mert éreztem, hogy ellepik a szememet a dühös könnyek. Mindig hiányoztak. Anya, a bátyám, és még Lukasz is. De ott volt a másik oldalon, hogy meg akarom keresni apát. Néha azonban erősebb volt a honvágy.

– Már egy éve itt van, nem csodálom, hogy honvágya van. Heyle pedig nem tehet ilyesmit. A szabályzat mindenkire vonatkozik.

– Itt, ezen a helyen nem érvényes a szabályzat. A mögé bújnak a tisztek is, de közben meg megy a kegyetlenkedés. Mintha mindent meg lehetne oldani azzal, hogy azt mondjuk: „parancsra cselekedtem". Heyle-t nem érdeklik az emberei, csak az eredmények. Én viszont nem hagyhatom a többieket meghalni. Szóljon a parancs bárhogyan.

Láttam rajta, hogy most tényleg ideges lett.

– Minden hónapban hazamehetnek a társai, de magát nem engedi. – Ökölbe szorította mindkét kezét, de csak az egészséges öklét szorította a homlokához. – Csinált valamit, amiért ezt érdemli, Emilia? Az ezredes nem tesz ilyesmit ok nélkül.

– Sosem mondta meg, de szerintem azért van, mert megmentettem a maga életét.

A gondolat, ami elhagyta a számat, már sok volt neki. Hirtelen felugrott a homokból és hátat fordított nekem. Én is felálltam a puskát a lábamnak támasztva, de nem mentem hozzá közelebb. Pedig szerettem volna megnyugtatni, hogy nem bánom az ezredes rendelkezését.

– Bárhogyan is alakuljon a továbbiakban a sorsa, Emilia, most azonnal elmegy pihenni. Nem akarom ebédig látni. Ha az ezredes megkérdezi, hogy miért alszik fényes nappal, megmondja neki, hogy én utasítottam. És ne felejtsen el holnap szólni, hogy hozzak magának egy rádiótelefont a központi irodából. – Még mindig hallottam a hangján, hogy majd' szétveti a düh. – Induljon! Jó éjszakát.

Nem mertem vele vitatkozni. A puskát a kerítés egyik faoszlopának támasztottam, majd elindultam a saját körletem felé.

– Eseménytelen hajnalt, uram – mondtam még neki, mielőtt eltűntem volna a szeme elől.

Ali még aludt, mikor visszatértem. Nem akartam felébreszteni, hát a leghalkabban megkerestem a helyemet a saját priccsemen mellette, és amint letettem a fejemet, abban a percben elnyomott az álom. Ritkán álmodtam, de akkor mégis olyan sok minden történt, hogy nem került el. Először csak ültem egy fal tövében. Ali magyarázott nekem valamit, de én nem hallottam, mert közvetlenül mellettem sorozatot lőtt valaki. Nem vettem észre a lövészt, így azt sem láthattam, hogy valaki elém vetette magát, hogy a golyók ne engem érjenek. Így azok a védelmezőmet érték. Scott Andrews-t...

– Tartson ki! – kiáltottam neki, majd a néhány méterre tőlünk a földön heverő gazdátlan puskáért nyúltam, és lőttem minden turbános fegyveres rohadékra, akit csak értem. Mikor már a tár is kifogyott és az ellen menekülőre fogta, újra Scott felé fordultam: – Mindjárt hívok segítséget, csak maradjon velem. – Ellepték a szememet a könnyek, amint ránéztem. Szinte esdekelt a fájdalmai enyhítéséért, de én tudtam, hogy most inkább arra van szüksége, hogy vele legyek, míg el nem alszik.

– Meneküljön... innen. Nem maradhat itt... Vissza fognak... jönni – mondta nekem, pedig tudtam, hogy nem beszélhet.

– Hagyja ezt abba, fogja be, és koncentráljon arra, hogy elinduljunk. Ne akarjon nekem itt mártírrá válni, megértette?

– Ha... visszajönnek... nem tudom... még egyszer... megvédeni.

– Nem kell a védelme, kérem, csak maradjon ébren – suttogtam könnyek között, de már nem hallotta, én pedig abban a pillanatban egy erős rántás kíséretében, mint ahogy az a rossz álmoknál lenni szokott, felébredtem. Csak ültem a priccsen, és igyekeztem a légzésemet szabályozni. Nem is figyeltem másra, és csak mikor a légzésem már szabályozódott, akkor tűnt fel, hogy Ali ül mellettem és nagyon meg van rémülve.

– Em, biztosan jól vagy? – kérdezte reflexből afgánul, én pedig ugyanúgy válaszoltam.

– Igen, csak rosszat álmodtam.

Láttam az arcán a rémületet, de nem azt a fajtát, amit egy álom vált ki. Sokkal rémültebb volt, mint eddig bármikor, pedig láttam már egy párszor félni.

– Mi a baj, Ali? – kérdeztem most már én is rémülten. – Történt valami, amíg aludtam?

A gyerek nem válaszolt, csak elsírta magát, én pedig automatikusan magamhoz öleltem.

– Anya és a lányok... – szipogta, mire eltoltam magamtól, felpattantam a priccsről, és minden maradék ételt, ami az előzőleg megmaradt vacsorámból megmaradt, egy tarisznyába csomagoltam, majd a fegyveremért nyúltam, a vállamra akasztottam, a pisztolyt pedig a tokkal együtt a derekamra erősítettem. Csak akkor fordultam a könnyáztatta kölyök felé.

– Mutasd az utat! Induljunk! – mondtam neki határozottan, mire Ali hirtelen abbahagyta a szipogást.

– De hát nem jutunk ki a táborból, nincs engedélyünk rá. Az ezredes pedig nem fog elengedni minket. A szabályok...

– Fütyülök rájuk, Ali. A családodnak szüksége van a segítségre. Megyünk, és segítünk nekik.

– A falunkat megtámadták a tálibok. Lehet, hogy már nem is...

– Erre ne is gondolj. Élnek, és segítségre van szükségük. Ha találkozni szeretnél még velük, akkor menjünk már.

Ali félénken bólintott, majd mikor én kiléptem a körletből, jött utánam. Tényleg nem érdekelt akkor más, csak hogy elhagyjuk a tábort és a faluba menjünk. Nem ismertem a rokonait, de menni akartam. Meg akartam menteni őket Alinak. A szabályzat értelmében nem mehettünk parancs nélkül a környező falvakba, és azt is tudtam, ha most kiteszem a lábamat a táborból öncélúan, én is és Ali is büntetésre számíthatunk. Mégis elindultunk. A tábort védő kerítésnek volt egy gyenge pontja, és csak az őrök tudtak róla – így én is. Rögtön a keresett rés felé vettem az irányt. A társaim nem foglalkoztak velünk, de ez persze nem vonatkozott a tizenkettesekre. Tim Wilson és Robert Highness ugyanis észrevétlenül, de követtek minket. Mindkettőt jól ismertem, együtt szolgáltak Andrews-zal, és egy egységgel jöttek ki. Barátok voltak ők hárman. Tudtam, mióta a kantinban meglátogattak az első bevetésem után.

A kerítést elhagyva futólépésben indultunk el Ali faluja felé. Ő ment elöl, macskaügyességgel mászta meg a dombot, ami mögött a falvak elhelyezkedtek. Én csak lemaradva tudtam követni. Tényleg nem volt messze, de már a dombtetőről hallottam a lövéseket a falvak felől. Ali rohant, szinte utol sem értem, de azért még a falujuk határában elkaptam, és behúztam egy faluszéli ház kapuja alá.

– Lassíts! – suttogtam neki félig kifulladva, miközben le kellett fognom, hogy ne menjen tovább. – Ha így rohansz, célpont leszel nekik. Ugye nem akarod még nagyobb bajba sodorni a szeretteidet?

Intett a fejével, hogy nem.

– Akkor maradj veszteg, és nézz körül, mielőtt bármit teszel. Hidd el, mindjárt odaérünk, de légy egy kicsit türelemmel és engedj előre. Anyukád sem örülne, ha lelövetnéd magad.

Bólintott, hogy megértette, én pedig elengedtem, és a puskámat a kezembe véve, készültségben, Alival a sarkamban kiléptem a kapualjból. Megtettünk az üres utcákon vagy hat sarkot is, mire Ali megállított. A tálibok nem tétlenkedtek: minden civilt, akinek valami módon köze volt a katonai táborunkhoz, vagy egyáltalán kooperált velünk, azt könyörtelenül lelőtték. Láttam olyat feküdni az utcán vérbe fagyva, aki kenyeret szolgáltatott a kantinnak, hogy legyen mit ennünk. Megremegett a szívem ezt a kegyetlenséget látva, és próbáltam nem a legrosszabbra gondolni. Megtettünk még két sarkot, mikor Ali megrántotta a zubbonyom szegélyét, jelezve, hogy megérkeztünk. Egy robbanás tönkretette a szomszéd házakat, de Ali egy amúgy is rozoga, bádogtetős kalyibába rohant be, én pedig utánavetettem magamat. A kis épületbe belépve azonnal becsuktam magam mögött az ajtót. Csak akkor vettem észre a hátam mögött álló középkorú, sovány, barna hajú asszonyt és a két kislányt. Ali rögtön odament az édesanyjához, magához ölelte, a két húga pedig az ő derekát ölelgette. Ahogy jobban megnéztem őket, nem lehettek hét évesnél idősebbek, sőt… A fiatalabbik még öt is alig lehetett. Először csak mindhárman egymással voltak elfoglalva, majd Ali elengedte az anyukáját és felém fordult.

– Anyu – magyarázta afgánul –, ő itt Emilia, írtam neked róla, rá kell vigyáznom. Em – fordult hozzám gyorsan –, bemutatom az édesanyámat, Aysét, és a húgaimat, Mirchit és Laviát.

– Örvendek, Emilia Zajac vagyok – fogtam kezet az édesanyával, aki nem sokat tétovázott. Lökdösni kezdett minket a pince felé.

– Gyorsan, mindjárt itt lesznek. Le kell menni pincébe! – Megragadta a karomat, hogy levigyen, mint a saját gyermekét, ám én kihúztam a kezem a szorításából.

– Ha jól vannak, akkor most lemennek a pincébe, és addig, míg tiszta nem lesz a levegő, lent is maradnak. Csak azért jöttünk, hogy megnézzük, jól vannak-e. Alinak velem kell maradnia, de ígérem, hogy vigyázni fogok rá, mint a saját testvéremre. Ne aggódjon miatta. Nem lesz baja, amíg én élek.

A nőt láthatóan nem győztem meg, de azért tette, amit kértem. Én Ali kezéért nyúltam, és húzni kezdtem az ajtó felé.

– Mennünk kell, láttad őket, jól vannak, most már tényleg ideje az indulásnak.

Lekaptam a tarisznyát a vállamról, és még a pinceajtóban eltűnő asszony kezébe nyomtam.

– Ezzel kihúzhatják egy ideig.

Magam sem tudom, hogy voltam képes ilyen tárgyilagosan és higgadtan kezelni a helyzetet, mikor pontosan tudtam, hogy a fegyveresek bármikor visszajöhetnek, és akkor mind halottak vagyunk. Mégis higgadt maradtam. Talán felkészültem a halálra, de tudtam azt is, hogy előtte a pokolra fogok küldeni még néhányat közülük.

Újra kinn voltunk az utcán, de ezúttal tényleg slamasztikába kerültünk. Alig jutottunk a tábor felé egy saroknyit, mikor fegyveres lázadókba ütköztünk. Meg kellett húzódnunk egy ház fala mellett. Én a puskával voltam felfegyverkezve, Alinak pedig odaadtam a pisztolyt.

– Nem ölünk, csak sebesítünk – mondtam a kölyöknek az utasítást. Ezt ugyanúgy Andrews tanította meg nekem, mint ahogyan mindent a túléléshez. – Érted?

– Igen. Vész esetén viszont megölhetem őket, ugye?

– Persze. Na, kezdjük!

Amint a lázadó egység észrevett bennünket, tüzet nyitottak ránk. Viszonoztuk a tüzet, de még így is lassan haladtunk. Sokan voltak, és mivel nem öltünk, vagy legalábbis igyekeztünk, nem lettek kevesebben. Sőt, beszorítottak minket a mellé a ház mellé, ahol kénytelenek voltunk megállni. Ilyen slamasztikában még nem találtam magam, de szerencsére a kiképzésem ilyen helyzetekben is megtanított életben maradni. Kitartottunk és kivártunk. Nem pocsékoltuk a lőszert, ám egy idő után forró lett a helyzet. Ha Tim és Robert nem siet a segítségünkre, akkor tényleg nagy bajba kerülünk. Szerencsére időben érkeztek, és sikerült megakadályozni a katasztrófát.

XII. fejezet

Azt hiszem, megérdemeltem a büntetést. Kockáztattam a társaim életét, és engedély nélkül hagytam el a tábort. Mi több, két másik társam élete is veszélyben forgott az én hibámból, akik nem is az én egységem tagjai voltak. Szóval teljes mértékig jogos volt a másfél hét magánzárka – persze miután értünk jöttek és kimentettek minket. Ali pedig, a saját hagyományaikat és szabályaikat követve, korbácsot kapott szökésért, amit én rosszabbul viseltem, mint ő. A magánzárkát egy sötét barlangból alakították ki, alapvetően egy százötven centiszer ötven centis lyuk volt, amire vasajtót szereltek, hogy ne lássanak ki rajta. Teljes sötétségbe borította azt, akit bezártak, és csak azok kerültek oda, akik valami súlyosat vétkeztek. Számomra, aki csak a hírét ismerte, csak egy nyirkos lyuk volt, nem több. Bezártak, ami nem volt olyan rossz, mint a híre. Volt időm bőven gondolkozni. Sötétnek ugyan sötét volt, de nem volt vészes. Nem is magammal foglalkoztam igazán. Az első napokban csak feküdtem a sötétben és nem gondoltam semmire. Aztán, ahogy teltek a napok, amit az étkezésekből tudtam megállapítani, elkezdtem számba venni mindazt, ami eddig velem történt. A jó és a rossz dolgokat. Rá kellett jönnöm, hogy igazából még nem tettem semmi érdemlegeset. Hacsak nem számítom a hadnagy esetét. Arra büszke voltam. Ugyanakkor egyre többször próbáltam megszegni a tanult szabályokat, és ennek legfőbb oka talán az ezredes viselkedése volt. Azt mindenféleképpen leszögeztem magamban, hogy nem jó ember, és vigyáznom kell vele. Sosem lehet tudni, mi lesz a következő lépése, de ha így haladok, fel kell készülnöm rá, hogy tényleg utál, és akkor nem lesz jó életem itt. Ennek első lépése még hátra volt. Nem véletlenül gyanakodtam: néhány napig jól éltem a sötétben, de aztán elmaradt az étkezés, az éhezés pedig nem volt valami kellemes. A legrosszabb az egészben az volt, hogy az étellel a víz is meg lett vonva, amiről tudtam, hogy ehhez nincs joga. Álmodozni kezdtem. Furcsa dolgokról, a hadnagyról, és az álmaim lettek a menedékem a sötét, a szomjúság és az éhség ellen. Mindhárom együttesen vette el az időérzékem, és nem is sejtettem, hogy a büntetésem időközben lejárt, de nem jöttek értem, hogy kiengedjenek. Egy idő után már álmaim sem voltak, még Scott Andrews gondolata sem tudott motiválni. Pedig kíváncsi lettem volna, mit csinál mostanság, jól van-e, meggyógyult-e a válla. De én a sötétben feküdtem egy hideg zárkában, és fogalmam sem volt róla, mi történik a vasajtón kívül. Addig a napig, míg egyszer csak ki nem nyílt.

Már azt sem tudtam, milyen a napfény. Majdnem kisütötte a szemem, olyan világosság lett hirtelen. A fülem elszokott a zajtól és a hangoktól, így a hallásom olyan lett, mintha a fülem bedugult volna. A szomjúságtól és az éhezéstől legyengültem, mozdulni sem tudtam. Arra azért felfigyeltem, hogy kiabáltak és dulakodtak körülöttem. Nem mertem kinyitni a szemem, mert féltem, hogy a világosság kiégeti a látásomat. Aztán megéreztem magam körül két erős kart. Az egyik a térdhajlatomba csúszott be, a másik pedig átkarolta a hátamat. Játszi könnyedséggel emelt fel a koszos döngölt padlóról. Éreztem, hogy az egyik karja, amelyik a vállamat és a hátamat tartotta, remeg a súlyom alatt. Csak akkor kezdtem felfigyelni a hangokra körülöttem:

– Alig van magánál, azonnal keríteni kell neki egy orvost! – kiabált a cipelőm. Túl lassú volt az agyam ahhoz, hogy felismerjem, ki az, és igaza volt: alig tudtam ébren maradni.

–Várj, segítek – hallottam egy másik hangot is.

– Bírom, csak igyekezzetek!

A tudatom pengeélen táncolt, de még azért hallottam, hogy motyog valamit.

– Csak még egy kicsit tarts ki, Emilia! Maradj velem, hallod?

Rázkódást érzékeltem, majd mivel már nem bírtam tovább, hiába kérlelt, engedtem a sötétségnek...

Jótékony álom volt. Azt hiszem, soha életemben eddig nem aludtam ilyen jól és nyugodtan. Nem is akartam felébredni, csak aludni, de aztán nem tudom, mennyi idő volt, mégis felébredtem. Kellemetlenebb volt, mint az alvás, de tudtam, hogy várják már az ébredésemet a valóságban. Mocorgás ütötte meg a fülemet, mikor megmozdítottam kicsit a kezemet.

– Szóljanak a kezelőorvosnak! Siessen! Kezd magához térni.

Ezúttal nem volt ismerős a hang tulajdonosa, ám a kéz, ami végül az enyémbe kulcsolódott, az igen.

– Ali...

– Itt vagyok, Em. Semmi baj, már jól leszel.

Kinyitottam a szememet és rögtön feltűnt, hogy az orvosi barakkok egyikében lehetek, és hogy Ali az ágyam szélén ücsörög mosolyogva.

– Vizet... kérek.

A kisfiú egy fém bögréért nyúlt és megtöltötte, majd a fejem alá dugta a kezét, megemelte, és megitatott. Lassan ittam, de nagyon jólesett, közben befutott az orvos is, Roberttel a sarkában, akit akkor pillantottam meg.

– Doktor úr – kérdezte a férfi a fehér köpenyes orvost –, ugye meg fog gyógyulni?

– Szépen lassan kell haladni a vízzel és a táplálással, de igen. Azt esetleg el tudná nekem mondani, hogy került a kisasszony ilyen állapotba?

– A felettese túllőtt a célon a büntetéssel – válaszolta velősen Robert, és hallottam a hangján, hogy mennyire feszült még a gondolatra is.

– Úgy mondják meg az ezredesnek, hogy a tálibokat kell ölni, nem a mieinket – azzal az orvos otthagyott mindhármunkat. Ali továbbra is mellettem ült, és figyelte, mi történik. Aztán Robert is közelebb jött, hogy üdvözöljön.

– Örülök, hogy felébredtél – mondta nekem halkan, Ali háta mögé állva. – Már azt hittük, tényleg megöltek. Napokig nem tudtunk rólad semmit, Alit pedig megfenyegették, hogy nem mondhatja el a magánzárkát.

– Heyle tette... ezt velem?

– Először csak másfél hetet kaptál. Aztán a mi egységünket is összevonták a tiétekkel, Heyle pedig nem állhatja Andrews-t. Már az első alkalommal összevesztek valamin. Kezdetben nem tudtuk, micsodán, de most már tudom. Az ezredes, hogy bosszút álljon a hadnagy viselkedése miatt, elfelejtkezett rólad, illetve, hogy pontos legyek, meghosszabbította a büntetésedet, és azt is súlyosbította az ellátás megvonásával, így aztán legalább egy hónapig voltál abban a lyukban.

– Összevonták az egységet?

– Mostantól, Emilia, bajtársak vagyunk.

Csak nehezen fogadta be az agyam az új információkat, így nem nagyon emlékszem, miről beszéltünk még, de hamar magamra hagytak a pihenésre hivatkozva. Volt min gondolkodni. Azt volt a legnehezebb elfogadni, hogy Scott is az én felelősségem lesz, mint eddig a többi társam a bevetéseken. Akárcsak én az ő felelőssége hadnagyként. Tudtam azt is, hogy tisztként milyen nehéz lesz neki, ha a felettesével nem jönnek ki egymással. Arra is rá kellett jönnöm, hogy ürügyet szolgáltattam az összekülönbözésre. Méghozzá tudtomon kívül. Nem ismertem Scott érdekeit, sőt magát a hadnagyot sem ismertem, így aztán azt sem tudhattam, milyen igazából. Mégis, legbelül azért éreztem, hogy többről van itt szó. Sokkal többről, és erről vagy megkérdezem Scottot, vagy hallgatok és kivárom, míg elmondja nekem, ha baja van velem.

A további napok gyógyulással teltek. Ali mindennap látogatott, még Robert és Tim is eljöttek. Előbbi többször, utóbbi csak egyszer, de akit én igazán látni szerettem volna, az nem látogatott. Felém sem nézett, így elfogadtam, hogy nem akar tőlem semmit. Hát igyekeztem elfelejteni. A sok fekvés és pihenés alatt gondoltam Lukaszra is. Számba vettem, hogy miken mentünk keresztül, és hogy mennyi minden változott, mióta eljöttem otthonról. Abban is teljesen biztos voltam, hogy már rám sem ismerne, ha szembe mennék vele az utcán, akkor sem. Próbáltam felidézni, mit is éreztem Lukasz iránt, és rá kellett ébrednem, hogy valójában nem volt az a lángoló érzelem... de talán én arra nem is vagyok képes. Vagy csak még nem ismerem az illetőt, akit nekem szánt a sorsom. Ugyanakkor abban egész biztos voltam, hogy nem is akarok szerelmes lenni. A mostani helyzetem és életem nem alkalmas a szerelemre, mert ha szeretek valakit, nem teszem ki annak a fájdalomnak, hogy akár el is veszíthet. Így aztán jobb, ha távol tartom magam mindenfajta érzelemtől, és csak a munkára és apára koncentrálok. Ennek első lépcsőfoka a gyógyulás és a normál étkezés elérése. Csak azzal nem számoltam, hogy már elkéstem mindenféle óvintézkedéssel, mégpedig nagyon csúnyán. A baj már megvolt, csak én nem tudtam róla.

Minden napom más volt. Sokszor csak feküdtem, olvasgattam és levélírással foglalkoztam. Nagyon rákaptam, miután haza nem telefonálhattam. Minden családtagomnak és barátomnak írtam. Egy nap még Scott Andrewsnak is. Nem látogatott, és megígértem magamnak, hogy távol tartom magam tőle, ahogy csak tudom. Ugyanakkor szerettem volna összeszedni magamban a gondolataimat vele kapcsolatban, így aztán leírtam mindent, azt is, amit szeretek – vagy legalábbis szimpatikus – benne, és azokat a dolgokat is, amik nem tetszenek, és szerintem változtatnia kellene rajtuk. Majd leírtam azt is, mit köszönök neki, és hogy örülnék, ha ilyen barátom volna, mint ő. A végére azt is odabiggyesztettem csak úgy zárójelben, hogy ha nem fogadtam volna meg, hogy a katonaság miatt nem leszek szerelmes soha, akkor örülnék egy olyan férfinak, mint ő. Minden levelet gondosan elraktam egy dobozba megcímezve, csak ezt az utolsót nem. Ezt a legaljára tettem a doboznak, és csak Scott nevét írtam rá. Tudtam, ha velem történik valami, az összes levelet kézbesítik, így ő is meg fogja kapni, épp ezért a doboz titkos rekeszébe raktam, ahol valószínűleg nem találják meg.

A gyomrom még ugyan korántsem volt rendben, de kikönyörögtem az orvostól, hogy újra szolgálatba állhassak. Ezt persze nehezen akarta engedni, de elmondtam neki, hogy nem a bevetésekre akarok menni, csak a kantinban vállalnék addig munkát, míg jobban nem leszek, és minden héten jövök hozzá ellenőrzésre. Így aztán belement. Visszatértem a megszokott mindennapokhoz, csak a feladat ezúttal a kantinban volt. Zöldséget pucoltam, gyümölcsöket magoztam, és besegítettem a szakácsnak a főzésben. Mindezt úgy, hogy az egységem tagjai nem tudtak róla. Ők úgy tudták, még a gyengélkedőn vagyok. Enni keveset ettem, de szépen lassan mindent befogadott a gyomrom, a folyadékot pedig napjában többször fogyasztottam. Nem gondolkoztam rajta, mi volt eredetileg a célom ezzel a dologgal, de ahogy teltek a hetek, rá kellett jönnöm, hogy talán az volt a terv, hogy minél messzebb legyek Heyle-től, az egységtől... és persze Roberttől. Úgy éreztem, hogy a fiatalember ragaszkodik hozzám, és az volt a benyomásom, hogy kezdett, vagy már teljesen belém is szeretett, ettől pedig menekülhetnékem támadt. Azért dekkoltam a kantinban több tonna mosatlannal egy légtérben, mert nem akartam találkozni senkivel. Sem Roberttel, sem pedig Scott-tal. Ali persze folyton belógott hozzám, amikor nem látta senki. Sokat beszélgettünk; mesélte, hogy a hadnagy ragaszkodott ahhoz, hogy amíg fel nem gyógyulok, addig Ali mellette maradjon. Ezért hálás voltam Scottnak. Tudtam, hogy legalább úgy vigyáz a gyerekre, mintha én tenném. Ugyanakkor Ali faggatott is. Tudni akarta, miért nem mentem vissza az egységhez, és sajnos nem tudtam átverni. Hiába találtam ki számára mindenféle kifogást, tudta, hogy nem mondok igazat. Egy este megelégelte a süketelést és közölte velem, hogy küldetésre küldik őket. Kétszemélyes feladat. Át kell kelniük a tálib területen, egy levelet kell eljuttatni a tíz mérfölddel arrébb lévő támaszpontra, és a feladatra két napot kaptak. Ali azt is elmondta, hogy a hadnagy vállalta a bevetést, ő pedig elkíséri, mert ezt tenné velem is. Az egésznek a gondolatára is borsódzott a hátam; úgy éreztem, meg kell akadályoznom. Dühöngeni akartam, de a gyerekre nem akartam ráhozni a frászt. Viszont eldöntöttem, hogy még aznap elmegyek az ezredeshez és bekönyörgöm magam harmadiknak a küldetésre, akár jól vagyok, akár nem. Fütyülök az orvosra és az utasításaira.

Miután végeztem a kantinban a munkával, elindultam a központi épületbe. Tudtam, hogy az ezredes még a szolgálati ideje után is a központban tartózkodik, szervezi a következő nap eseményeit. Illő módon bekopogtam az irodába, és szerencsémre csak ő volt egyedül odabent.

– Jó estét, uram – köszöntem neki, mire felnézett az íróasztalon kiterített térképekből és tervekből és rám pillantott.

– Örülök, hogy látom, Zajac. Végre előtolta a fenekét a kantinból. Mit tehetek magáért?

– Küldetésre küld egyet közülünk, és vele tartanék, ha engedélyt ad rá, uram.

– Azért küldöm Andrewst, mert addig sem irritál, Zajac.

– Miért gyűlöli ennyire?

– Az nem tartozik magára, közlegény. Jól értettem, elmenne Andrews hadnaggyal az öngyilkos küldetésre? Árulja már el, miért?

– Az nem tartozik magára, uram.

Ezzel a mondattal felidegesítettem, láttam rajta, és pont ez volt a célom.

– Menni akar az öngyilkos küldetésre? Egyetlen okot mondjon, miért engedjem!

– Meg akarja öletni a riválisát? Mondja meg, hogy miért, és elmondom az okot.

– Az az ember dacol velem évek óta. Többször szegte meg az utasításaimat és szegett parancsot. Megérdemli a halált.

– Én csak annyit kérek, engedjen el a küldetésre.

– Intézze el nekem Andrewst. Nem térhet vissza élve a támaszpontra. Ezek a feltételeim, hogy elmenjen vele.

Megfagyott a vérem. Alig kaptam levegőt, de az ezredes még nem fejezte be

– Elviszik a levelet, és visszafelé úgy alakítja a helyzetüket, hogy tálibokba ütközzenek. Csak ezúttal maga egyedül tér vissza. Nem hozza ki és nem segít rajta, hagyja meghalni a hadnagyot. És végre, aminek már meg kellett volna lennie abban a faluban, ahol az autó felrobbant, meglesz.

A szavai hideg jégcsapként jutottak el az agyamhoz, úgy fagyasztották le a szívemet. Egyértelmű volt: az ezredes már korábban meg akarta öletni a hadnagyot, csak én beleköptem a levesbe azzal, hogy kihúztam a teherautóból.

– Áll az alku?

– Ha megteszem, ki garantálja, hogy megúszom a következményeit, hogy megöltem egy tisztet?

– Ugyan, Zajac, tudja, hogy nem leszek magához hálátlan. Kiderítettem, mi történt az apjával, megtudja az információt, amint visszatért.

– És ha nem teljesítem a feltételeket?

– Akkor magát is kénytelen leszek elintézni.

Farkasszemet néztem Helyle-vel és már akkor tudtam, hogy ez a rohadék lesz a következő célpont, akit a puskám csövének végén látni akarok. Abban a pillanatban csak az számított, hogy elmehessek Scott-tal. A többi egyelőre nem érdekelt.

– Értettem, uram.

– Akkor siessen. A hadnagy hajnalban útnak indul, és vele maga is. Remélem megértette, mi a feladata.

– Igen, uram.

Kiléptem az épületből, visszamentem a saját körletünkbe és összeszedtem a holmimat. Mindent. Fel kellett készülnöm mindenre, és csak egy dolgot tudtam biztosan: választanom kell Scott és az apám között. Erre nem voltam felkészülve, mégis tudtam, hogy meg kell hoznom a döntést. Amikor a vállamra akasztottam a zsákomat és megfordultam, pontosan Scott Andrews zöld szemével néztem farkasszemet.

– Hová készül, közlegény? – kérdezte fojtott meglepetéssel a hangjában.

– Magával, ahova menni kell. Az úticélt nem tudom, csak megyek, amerre ön visz.

– Velem ugyan nem. Csak a gyereket viszem, aki már tűkön ülve vár odakinn.

– Akár tetszik, akár nem, hadnagy úr, én megyek magával. Az ezredes utasított.

– De hát még orvosi felügyelet alatt van, nincs jól.

– Csak két nap múlva kell megjelennem nála. Addigra visszajövünk.

Halkan fújtatott egyet, ezzel jelezve, hogy nem ért egyet a döntésemmel, de nem vitatkozott. Csak intett a fejével, hogy induljunk.

– Amint a küldetéssel végeztünk, tilos lesz róla beszélnie. Az egész titkos, nem tudnak róla, világos?

– Igen világos.

Ali már a körlet előtt várt – igaz, csak Scottra, de nekem is örült. Ám az én eszem az előttem álló feladaton járt. Egyetlen dologban teljesen biztos voltam attól a perctől, hogy rám nézett a körletben: képtelen leszek bántani. Ha nekem kell megtenni, akkor kudarcot fogok vallani, és inkább lemondok apa kereséséről, minthogy bántsam Scott Andrewst.

XIII. fejezet

A hajnal hűvös levegőjében indultunk útnak egy keletre fekvő támaszpont felé a sivatagon át. Ali sétált középen, Scott pedig terelt engem. Hátulról irányított, merre kell menni. Még a tábor kapujában megbeszéltük, hogy én megyek előre és ő fedez. Támadás esetén is. Ebből nem engedett, és hiába próbáltam meg ellenkezni, Alit is a maga oldalára állította, így ketten voltak ellenem. Az út alatt csendben voltunk, pedig tudtam, hogy Alinak általában be nem áll a szája. Mentem, és lestem a sötétséget. A puska lógott a vállamon és használatra várt. Legbelül reméltem, hogy nem kell majd használni, és megborzongtam, amikor eszembe jutottak Heyle feltételei. Tudnom kellett Scott verzióját. Szerettem volna megkérdezni tőle, miért utálja úgy az ezredes, de nem volt alkalmas az idő. Aztán gondolkoztam azon is, miközben egyik lábamat tettem a másik után, hogy fogom neki elmondani, hogy megmentettem, de most meg kell ölnöm, vagy rávennem valamilyen – bármilyen – eszközzel, hogy nem térhet vissza. Ha mégis, mindketten meghalunk.

– Nagyon hallgat ott elöl, Emilia. Valami baj van?

Elfelejtettem, hogy milyen jó emberismerő is Andrews valójában.

– Em nem szeret beszélni, uram – válaszolt helyettem Ali, mire én megálltam és hátrafordultam, hogy rá tudjak nézni. A szürkületben láttam mindkettejük arcát.

– Téged kérdezett, Ali? – kérdeztem kicsit feszültebben, mint akartam.

– Nem.

Akkor köszönöm, de majd válaszolok. Nem kell mindenbe beleütnöd az orrodat, különben még a végén fájni fog – címeztem Alinak, majd Scotthoz fordultam. – Nincsen baj, csak koncentrálok.

– Nem úgy nézett ki, mint aki nyugodt, legalábbis abból kiindulva, ahogy ráförmedt erre a gyerekre.

– Csak nem szeretem, ha helyettem válaszolják meg a nekem szánt kérdéseket.

– Akkor kérjen bocsánatot a gyerektől, és haladjunk tovább.

Leguggoltam Alihoz, magamhoz öleltem és a fülébe suttogtam egy „bocsánat"-ot, majd tovább sétáltam volna, ha a hadnagy nem kapja el a karomat és állít meg.

– Mondja el nekem, Emilia, miért jött velünk, ha nem szól hozzánk? Feszült, ezt már az első perctől tudom, és ne keressen kifogást, mert nem hiszek magának. Történt valami, ami ennyire idegesíti?

– Nem uram – mondtam bizonytalanul, de tényleg nem hitte el nekem. Láttam az arcán. Hogy nyomatékosítsa a kérését, leült a homokba, jelezve, hogy nem megy tovább, míg nem kap rendes magyarázatot. Ali letelepedett mellé, én meg csak néztem rájuk kétségbeese.

– Én csak… meg akarom védeni. Ennyi az egész.

– Miért? Veszélyben vagyok?

– Azt Heyle-től kéne megkérdezni – bukott ki belőlem. – Miért haragszik magára annyira, hogy meg akarja ölni? – rogytam a kérdés után én is a homokba. Egyenest a zöld szemekbe bámultam, és csak remélni tudtam, hogy nem válaszol, de Scott nem maradt csendben.

– Tavaly óta tudom, hogy Heyle miket művel az embereivel. Éhezteti őket, és indokolatlanul bevetésre küldi őket meghalni. Először azt hittem, hazafi alatt szolgálok. Aztán kiderült, hogy lepaktált a tálibokkal. Az ezredes egy mocskos korrupt tiszt, és engem csak azért utál, mert fiatalabb vagyok, és szerinte túl korán neveztek ki hadnagynak.

– Ez még nem ok arra, hogy megölesse önt velem.

Nem akartam elmondani neki, de nem tudtam megállni itt. Láttam, milyen dühöt váltott ki belőle a mondatom.

– Mit érdekel engem! – fakadt ki. – Ölessen meg, már úgyis megpróbálta egyszer. Csak nem értem, miért mindenképpen magával akarja megtetetni. Miért nem lő le szemtől szemben?

– Mert túl gyáva hozzá. Azt hiszi, az apámról szerzett információval sakkban tathat.

Scott ezen a ponton előreküldte Alit megfigyelni a tábort és kikémlelni a tálibokat, így ketten maradtunk. Mikor már nem látta kisfiút, mert az már eltűnt a szemközti domb mögött, csak akkor kezdett bele a magyarázatba, amivel gyakorlatilag letaglózott.

– Én is Bostonban végeztem az akadémiát, mint maga, Emilia. Heyle akkoriban toborzó tiszt volt. Barátságos embernek ismertem meg, de kiderült, hogy nagyon nem az. A barátom lett, de hamar beavatott a piszkos ügyleteibe. Akkoriban drogban utazott, de most átnyergelt magas rangú tisztként a fegyverkereskedelembe. Fegyverekkel üzletel a tálibokkal, akik cserébe minden vágyát teljesítik, legyen az dohány vagy éppen egy nő. Én csak akkor sokalltam be végleg, mikor kihallgattam, hogy fogadást kötött magára. Önre, Emilia. A paktum arról szólt, hogy amint megérkezik az egységével, beinvitálja magát a központba és a tálib barátai elintézik, hogy a magánszállására kerüljön. Rablásnak álcázták volna, amiből Heyle mentette volna ki magát. Azért, hogy utána…

Nem bírta folytatni, de nekem is sok volt. Mindkét kezével belemarkolt a hajába, és láttam, milyen erősen húzza, hogy meg tudjon nyugodni. Közelebb kúsztam hozzá, és egyik kezemet az övére csúsztattam.

– Azért nem sikerült a terve, mert…

– Nem hagyhattam – suttogta alig érthetően. – A cél érdekében egy távirattal késleltettem az indulásukat, így nem akkor érkezett, amikorra számították. A terv kudarcba fulladt, de maga, Emilia, mégis itt van. A mocsok közelében, én pedig még a gondolatától is rosszul vagyok, hogy gondol magára. Nem felejtette el, csak jegeli a terveit. Későbbre. Előtte pedig eltesz engem láb alól, és ami a legrosszabb, hogy…

– Eszemben sincs bántani. Az ezredes elmehet a pokolba, de előtte engem is oda küldhet. Bánom is én, de képtelen lennék bántani önt, uram, ezzel legyen tisztában.

Megfogtam a kezét és szépen lassan lefejtettem a fejéről, de nem engedtem el.

– Nézzen a szemembe, kérem! Megmentettem az életét, és amíg itt vagyok, annyiszor fogom megtenni, ahányszor csak tudom.

– Pedig ha nem teszi meg, bajba kerülhet, Emilia, és inkább meghalok, csak...

Abban a pillanatban, hogy rám nézett, tudtam, hogy eddig eltemette magában, de az nem változtatott azon, hogy szerelmes belém.

– Biztos akarok lenni benne, hogy magának nem eshet bántódása. Főleg nem Heyle keze által. Ígérje meg nekem, hogy ha ott lesz az ideje, megteszi amit kell, de cserébe leleplezi Heyle illegális üzleteit. Akkor is, ha le kell lőnie, ahogyan az ezredes parancsa szól.

– Ideje továbbmenni. A feladatunk sürgős.

Fel akartam állni, csakhogy nem engedte el a kezemet.

– Addig nem, míg meg nem ígéri nekem, ha már nem leszek, akkor maga lesz, aki elintézi Heyle-t örökre. – Most már könyörgött a tekintete, szinte vibrált a szürkeségben. Olyan erősen szorította a kezemet, hogy az már fájt.

– Jól van, megígérem, csak menjünk. A kölyök a végén még bajba keveredik.

Együtt kászálódtunk fel a homokból, majd elengedtük egymás kezét. Hiába fogadtam meg, hogy nem habarodok bele senkibe, mégis jólesett. Most már tisztán láttam, és egyre biztosabb voltam, hogy nem fogom tudni teljesíteni a kérését.

Ali után indultunk. Átkeltünk a dombon, és meg is találtuk a gyereket: Scott távcsövével bajlódott éppen, mikor odaértünk. Felállt, amint meglátott minket.

– Csak a tábor közelében van mozgás, hadnagy. Mást nem láttam – mondta nagyon határozottan Scottnak. Láttam rajta, hogy ugyanúgy megszerette a hadnagyot, ahogyan engem.

– Más mozgást nem láttál? Biztos vagy benne?

– Igen.

– Akkor indulunk tovább.

Scott rám nézett – talán hogy meggyőződjön róla, készen állok-e, de én akkor már el is indultam a búvóhelyről lefelé a dombon. Alinak szaladnia kellett utánam, ha utol akart érni.

Már fent volt az égen a nap, amikor elértük a másik támaszpontot. Innen Scott intézte a dolgokat. Beengedtek minket a főkapun, de nekem és Alinak ott kellett maradni. Megvárni, míg végez a tábornoknál a levéllel.

– Sietek vissza. Itt maradnak, és nem mozdulnak – utasított engem és Alit, ám nekem abban a pillanatban, hogy eltűnt a szemem elől, rossz előérzetem támadt. Fel és alá járkáltam a várakozás alatt, mint egy ideges farkas. Ali ült a homokban és velem együtt várt, de Scott csak nem akart jönni, és kezdtem egyre idegesebb lenni. Teltek a percek, talán egy félóra is, mire végre megjelent.

– Na végre! Mi tartott eddig? – kérdeztem kétségbeesve, mikor megállt előttem. Nem láttam a szemében semmit, csak valami furcsa csillogást, meg persze az arcán egy kaján vigyort.

– Tovább tartott, mint gondoltam. Csak nem aggódott, Zajac?

– Nagyon vicces, uram. Inkább menjünk. Ettől a helytől kezdek besokallni, és nincs túl jó előérzetem.

– Jól van, megyünk már, csak még ellátmányt várunk a tábornoktól, és ígérem, hogy utána indulunk.

Rosszallóan nézhettem, de nem csak én. Ali is mellette állt és csípőre tette a kezét, úgy magyarázott Scottnak.

– Most kell elindulnunk, különben késő lesz és éjjel elkaphatnak.

– Csak még egy kicsit bírd ki, Ali, rendben?

Scott itt leguggolt a gyerekhez, és mintha csak a saját gyermekével, vagy legalábbis az öccsével társalogna, úgy nézett rá.

– Rendben.

Csak néhány percig vártunk még, míg egy vézna közlegény egy zsákkal ajándékozta meg Scottot. Végre indulhattunk. Csakhogy sajnos beigazolódott a rossz előérzetem.

XIV. fejezet

Azt kell mondanom, a megérzéseim sosem hazudtak. Azt hittem, felkészültem a halálra, hogy elfogadom majd, ha tényleg találkoznom kell vele. Csak arra nem voltam felkészülve, amit a halál valójában jelent: pokoli fájdalmat és feldolgozhatatlan traumákat. Valójában hármunk közül csak Ali tudta igazán, mit is akar, és miért van ott, ahol. Mert sem Scott, sem pedig én nem számítottunk a legrosszabbra, Ali viszont mindenre fel volt készülve.

Hosszas várakozás után végre elindultunk vissza. Nyomasztott a parancs gondolata, meg persze az is, hogy mit fogok csinálni, ha nem teljesítem. Azt viszont tudtam, hogy nem leszek rá képes. Ha Scott maga kér meg rá, akkor sem. Lassabban haladtunk, mint terveztem, mivel a nap úgy tűzött mintha a Jóisten begyújtotta volna a legnagyobb kemencéjét, de azért szedtük a lábunkat. A tábornok javaslatára egy rövidebb úton mentünk vissza, ami Ali falujának határában vezetett. Megbeszéltük, hogy azért megyünk arra, mert a gyereket leadjuk az édesanyjának, és a küldetésért cserébe jó hosszú időre eltávot kap mellőlünk. Ali persze hallani sem akart róla, ezért nem mondtuk el neki, csak ha már a faluba értünk. Ám arra egyikünk sem számított, hogy nélküle fogunk odaérni.

A tűző nap és a hőség elvette az érzékeimet. Egyszerűen tompává tett. Mindenem nehéz volt, és először Ali, majd végül Scott is megelőzött. Próbáltam velük tartani a lépést, de csak lemaradtam. Egyik pillanatról a másikra kezdett fájni a fejem, és egyszerűen képtelen lettem volna bármi másra, csak a lábam emelésére. Aztán ahogy haladtunk a sziklás, néha barlangokkal szegélyezett ösvényen, a semmiből megtámadtak minket. Egyikünk sem számított erre. Én speciel reflexből egy szikla mellé húzódtam és viszonozni akartam a tüzet, csakhogy lassú és tehetetlen voltam a sokk miatt. Ráadásul az egyik fekete turbános rám vetette magát, és a célja egyértelműen az életem kioltása volt. Megpróbáltam magamról lerúgni, de túl erős volt. A közelben hallottam a lövöldözést, de a fülem hirtelen eldugult a benne doboló vértől. Küzdöttem ellene, de hamar maga alá gyűrt és meg akart fojtani. Aztán a közvetlen közelemben dördült egy sorozat, és az ellenfelem hirtelen megmerevedett, majd eldőlt, mint egy liszteszsák. Nekem abban a pillanatban nem volt erőm másra, csak köhögni. Kinyitottam a szememet, mert megéreztem a karomon Scott kezét.

– Mennünk kell. – Éreztem, hogy húz, de alig voltam magamnál a fojtogatás és a rugdosás miatt.

– Nem bírok… – motyogtam, mire a lehető leggyorsabban felsegített a hátára és elindult velem.

– Maradj ébren, Emilia, el ne aludj! – kiabálta a hátam mögül Ali, aki mögöttünk jött. Hallottam a támadóink kiáltozását, és sorozatlövéseket is. Követtek minket, ebben biztos voltam. Ám Scott hirtelen letett valahol egy sötét helyen. Óvatos mozdulatokkal, mintha valami kismadár volnék.

– Maradjatok itt! – utasította Alit. – Vigyázz rá, el ne mozdulj mellőle! Én elcsalom őket messzire. Bármit hallasz odakintről, ki ne gyere! Várjátok meg a hajnalt, és csak akkor induljatok tovább. Megértettél, Ali?

– Elkísérem – vitázott a gyerek. – Az én felelősségem…

– Emilia a te felelősséged. Nem eshet baja, miattam pedig ne aggódj. Tudok magamra vigyázni. Csak ne hagyd magára. Bármi lesz is.

– És ha nem jön vissza, mit mondok akkor Emnek?

– Mondd meg neki, hogy nem kell többet az ezredes parancsa miatt aggódnia, és hogy ne felejtse el, mit ígért nekem.

Motozást, majd rohanó lépteket hallottam, végül kiabálást, de nem bírtam kinyitni a szememet. Majd hirtelen csend lett. Aztán Ali keze belekulcsolódott az enyémbe. Szinte reszketett a félelemtől. A másik kezemet kinyújtottam, kezdett visszatérni az erőm.

– Add… a fegyvert… Ali.

– Nem bírod el.

Erre kinyitottam a szememet. Csak akkor tűnt fel, hogy egy barlang félhomályában ülök, és a hátamat a hideg falnak támasztom. Feljebb tornáztam magam, hogy könnyebb legyen kitámasztani a fegyvert, amit a gyerek végül vita nélkül a kezembe nyomott. Újabb lépteket hallottam, gyorsabbakat és sürgetőbbeket.

– Menj, bújj el! Legalább téged ne kapjanak el.

A hangom reszelős volt, de biztosan tartottam a kezemben a puskát. Ali, miközben pásztáztam a sötétséget, eltűnt mellőlem. Aztán olyan dolog történt, amit azt hiszem, soha életemben nem fogok elfelejteni. A tálib katona gyorsabban reagált és le is lőtt volna, de a golyók, amiket nekem szánt, nem engem értek... Ali ugyanis előugrott a sötétségből, és felfogta őket. Mindezt a szemem láttára. Hirtelen olyan elemi erejű düh szabadult fel bennem, hogy amint Ali a földre rogyott, lőttem. Le sem vettem az ujjamat a ravaszról, amíg ki nem ürült a puska. Csak aztán fogtam fel, hogy mi történt. Kilöktem a kezemből az üres puskát, majd lassan Alihoz másztam, és a gyereket az ölembe húztam.

– Ali...

Megláttam a sebeit: egy golyót a vállába kapott, a másikat a mellkasába, a harmadik pedig a hasába fúródott. Még életben volt, a félhomályban az arcomat nézte.

– Semmi... baj – suttogta. – Ez így... van... jól.

– Miért csináltad? Maradtál volna a sötétben, a fal mellett.

Elkezdtek folyni az arcomon a könnyek, a bensőm pedig olyan üres lett, mint a legüresebb váza.

– Nekem kéne most...

– De... Scott... visszajön... érted. Legalább... téged vigyen... vissza.

– Nem fog visszajönni. Elkapják, mielőtt...

– Dehogynem... én már talán nem leszek itt, de... kérlek, mondd meg... neki, hogy... legyen veled őszinte. Tudni... fogja, miről... van szó. Azt kérte... mondjam el, ha nem jönne vissza... akkor levette a válladról... az ezredes parancsának... terhét. Ne felejtsd el... hogy mit ígértél... neki. És akkor... egyedül kell... visszamenned a bázisra.

94

– Nem megyek oda vissza. Sem nélküled, sem nélküle. Vagy jöttök velem, vagy itt fogok éhen halni.

– Bízzál... Scottban... még nem tudod... de sokat számítasz... neki. Bármi... történik... keresni fog... téged. Addig nem... adja fel.

– Most már hallgass kérlek. Próbálj pihenni.

– Meg fogok... halni, Em? Anyukám és a húgaim...

– Ígérem, gondoskodom róluk. Nem fognak többet szenvedni, ezt megígérem neked. Olyanok lesznek a számomra, mint a saját anyám és a húgaim, és nem fogsz meghalni, csak egy sokkal szebb és jobb világba kerülsz.

– Akkor jó...

– Ali, szerinted Scott kedvel engem? – kérdeztem tőle, miközben tartottam a vékony testét a karomban; el nem mozdultam volna mellőle, de a szemközti falat kezdtem el figyelni. – Mert én kedvelem őt, de tudod, fogadalmat tettem, hogy nem leszek szerelmes senkibe.

– Miért?

– Mert nem akarom kitenni egy ilyen erős fájdalomnak, mint amit most miattad érzek, azt, aki a világon mindennél többet jelent nekem. Ne kelljen ugyanazt a szenvedést éreznie miattam, amit most én érzek.

– Az a világ... nagyon messze... van?

– Nem, Ali. Észre sem fogod venni. És hidd el, jó lesz neked ott. Sokkal jobb, mint itt, ebben a háborús pöcegödörben. Az egy csodálatos világ, ahol nincsen fájdalom és minden gondod-bajod eltűnik, mintha sosem lettek volna.

Ahogy lenéztem rá, tudtam, hogy már nem él.

– Legyen szép életed odaát, sose aggódj az itt maradtak miatt, és kívánom, hogy minden, amit elterveztél, sikerüljön. Te csak ne aggódj, kis manó! Pihenj nyugodtan, békésen. Már nincsen semmi baj.

Az utolsó szó is elhagyta a számat, és kitört belőlem a sírás. Elapaszthatatlanul és engesztelhetetlenül. Egyszerűen képtelen voltam abbahagyni, így aztán álomba sírtam magamat.

Mély és álomtalan alvás volt. Azt hittem, nem is ébredek fel, és nem is akartam. Üres, érzéketlen, használhatatlan katonává váltam. Az agyam csak lassan indult be, mintha egy rozsdás, használaton kívüli számítógép volna. Hallottam egy hangot valahonnan nagyon távolról, a nevemen szólongatott. Nem volt teljesen tiszta, de mintha aggodalmat hallottam volna ki a hangból. Próbáltam rá figyelni, aminek az lett a következménye, hogy nagyon lassan, de magamhoz tértem. Először homályos volt a látásom, de egy ismerős zöld szempárba néztem bele:

– Kérlek, Emilia, nyisd ki a szemedet! Térj magadhoz, könyörgöm! Istenem, itt kellett volna lennem.

– Ali…

Nem bírtam másra gondolni, csak arra, hogy a gyerek meghalt, én pedig életben maradtam, és jól tudtam, hogy nekem kellene most a helyében lenni.

– Nyugodj meg, semmi baj.

Éreztem, hogy a meleg valamit az ölemből óvatosan eltávolította valaki, de én abban a pillanatban kapcsoltam.

– Ne!

Kipattant a szemem. Belekapaszkodtam Ali testébe és nem engedtem, hogy arrébb vigyék az ölemből. Nem akartam elengedni. Akkor esett le, hogy csak Scott az.

– Nem veheted el!

– Nyugodj meg, kérlek, sajnálom, de muszáj. Vérzel.

– Nem, nem az én vérem, Alié…

Újra sírtam, de ezúttal hagytam, hogy elvegye tőlem Alit. Csak fél másodperc volt az egész, a könnyeimen keresztül láttam, hogy szépen lefekteti a földre, majd újra hozzám fordult. Én feltápászkodtam, de vissza is rogytam, mert a lábamba nem tért vissza az élet. Scott rögtön ott volt velem, és megfogott.

– Csak lassan – suttogta. – Sokkot kaptál.

– Nem megy – motyogtam, mert abban a pillanatban eszembe jutott, hogy mi a visszatérési parancs. – Hogy tudta lerázni őket, uram?

– Nem érdekes most, hogyan ráztam le őket. Itt kellett volna lennem, és akkor Ali élne.

– Leblokkoltam. Egyszerűen nem tudtam, mit csináljak, csak vártam a golyót, ez a kis lökött meg…

– Emilia, annyira sajnálom, hogy ezt mondom, de remélem, tudod, hogy miért csinálta.

Néztem rá, nem értettem, mire gondol.

– Ali először csak a családja miatt vállalata, aztán megismert és olyanná váltál számára, mintha a nővére lennél. Nagyon szeretett téged, és bármit megtett volna érted.

– Most pedig már nem él. – A könnyeim hirtelen elapadtak. – Meghalt, mert lassú és tehetetlen voltam. Az én hibám, de legyen világos, hadnagy, hogy ezek után nem megyek sehova maga nélkül.

Scott leszegte a fejét, majd kissé megcsóválta.

– Alit eltemetjük. Találtam neki egy szép és méltó helyet. Ahogy jobban érzed magad és felkészültél, elindulunk. Megmondtad, és tudomásul veszem, hogy nem mész nélkülem sehova, de te sem tehetsz egy lépést sem mostantól anélkül, hogy tudnék róla. Áll az alku?

– Igen.

Olyan aggodalmas pillantással nézett rám, hogy abban a percben nem tudtam volna ellenkezni vele. Tudtam, hogy ez a helyzet neki is ugyanúgy fáj; hogy Ali őt is annyira meglágyította, hogy nem tudta nem szeretni. Közben a hadnagy elengedett, és csak leült mellém a homokba és minden rezdülésemet figyelte.

– Azt hiszem, készen állok, essünk túl rajta. Nincsen vesztegetni való időnk.

– Valóban így gondolod? Mert akkor menjünk.

Scott felállt, és felsegített engem is. A lábamba visszatért az erő, így összeszedtem a maradék holmit, a tartalék tárakat, amiket Scott hozott, és a fegyvert is, míg ő a gyereket vitte a karjában. Mikor rájuk néztem, feltűnt, hogy úgy tartja Ali élettelen testét a karjában, mintha az csak aludna. Mintha valami kincs volna, amit védeni és óvni kell.

Én mentem előre, ki a barlangból. A nap már lebukott a látóhatáron. A barlang bejáratától már átvette a vezetést, és az ösvényen elindult abba az irányba, amit látott. Végül a barlangtól nem messze, az ösvény mellett, egy kis beékelődés előtt megállt. Tudtam, miért gondolta szépnek. Egy ezüstös sziklahasadék volt, egy kisebb természetes védelemmel. A nap lenyugvó sugarai ezüstszínbe vonták az egész helyet, olyan szépen csillogott a szikla. Scott letette Alit az árnyékba, majd elkérte a vállamról a zsákját és kivett belőle egy kis ásót. Majd szó nélkül nekiállt sírt ásni. Csendben figyeltem a mozdulatait, és közben eszembe jutott, mit kért tőlem Ali Scott-tal kapcsolatban. Meg kell neki mondanom, hogy beszélhet velem őszintén, és majd Scott tudni fogja, miről van szó. Mikor végzett, lerángatta magáról az egyenruha zubbonyát és betekerte vele Alit. Aztán óvatosan befektette a gyereket a gödörbe. Újra sírhatnékom támadt, ezért én is a sír mellé sétáltam és megálltam Scott mellett.

– Köszönöm, hogy ismerhettelek, Ali. Mindig tudtad, mit kell tenni vagy mi volna az adott szituációban a helyes. Ha pedig valamit nem a helyes irány szerint csináltam, kioktattál, hogy ez most nem túl jó ötlet. Lehetett rád számítani barátként és katonai segédként is. Nem ilyen halált érdemeltél, és nem ilyen fiatalon. Mégis azt kívánom neked, hogy nyugodj békében, kis barátom.

– Nyugodj békében! – suttogtam én is, és ezúttal én nyúltam az ásóért, megelőzve Scott-tot. Elkezdtem betakarni a sírt. Viszonylag gyorsan végeztem. Szépen elegyengettük a homokot felette, majd ezüst kövekkel díszítettük. Mindketten hallgatásba burkolóztunk, majd még utoljára megálltunk mellette. Aztán Scott egy szó nélkül felvette a fegyvert, de mielőtt elérhette volna, megelőztem.

– És a zsákok? Vissza kell érnünk még napkelte előtt a bázisra.

Olyan határozottan ejtettem ki a szavakat, amennyire tudtam.

– Nem térhetek vissza a bázisra, te legalább olyan jól tudod, mint én, Emilia.

– Miért?

– Mert van egy parancsod. Nekem csak egy utolsó kívánságom van, és az csupán annyi, hogy Ali mellé temess, ha vége van.

Megborzongtam, és megráztam a fejemet.

– Nem, nem kérhet tőlem ilyet. Most vesztettem el Alit. Nem veszíthetem el a barátom után magát is. Ali megkérte magát, hogy legyen velem őszinte, mielőtt meghalt. Azt mondta, majd tudni fogja, miről van szó. Tudnom kell, Scott.

Láttam a félhomályban, hogy elsápadt, és hátat fordított nekem.

– Akkor kénytelen leszek magam csinálni, de előtte tényleg őszintének kell lennem veled. Elmondani neked, hogy Boston óta az emléked tart életben. A puszta léted az, ami miatt még nem tudtak eddig elpusztítani. Már akkor el kellett volna mondanom, hogy szeretlek, mielőtt eljöttem Bostonból. Mióta először láttalak a reptéren. Csak gyávának bizonyultam. Aztán mikor megmentetted az életemet és felébredtem a kórházban, Robert elmondta, hogy milyen csinos vagy, és hogy tetszel neki. Így eltemettem magamban, mert nem akartam az útjába állni, hiszen fogalmam sincs, te hogyan érzel az irányomban. Reménykedni kezdtem, hogy Rob révbe ér, és boldoggá tesz téged. Csak Heyle-től szabadulj meg, kerül, amibe kerül. Ha pedig ezért most meg kell tennem, ami egy katonához méltatlan, hát legyen. Visszamész a bázisra és elmondod a többieknek, mi történt. A segítségükkel megbuktatjátok Heyle-t, és már megtettél értem mindent, amit tehettél. Így lesz értelme, és nyugodt lélekkel megyek Ali után.

Abban a percben tudtam, hogy a pisztolyáért akar nyúlni. Kilöktem a puskát a kezemből és felé lendültem. Az adrenalin csak úgy száguldott az ereimben. Ledöntöttem a lábáról Scottot, és az időközben előkerült pisztolyt igyekeztem elvenni tőle.

– Hagyd ezt abba! – kiabáltam neki. – Kérlek, ne csináld!

A tusakodás közben úgy alakította a helyzetet, hiába volt erősebb nálam, hogy én kerüljek fölénybe, a fegyver ravasz felőli oldalára. Rászorított a kezemre, és a csövet a homlokához nyomta.

– Semmi baj, Emilia – suttogta nekem, és akkor láttam, hogy könnyek folynak a szeméből. – Szeretlek és megbízom benned. Képes vagy rá. Teljesítened kell a parancsot.

– Kérlek szépen, ne... – Már én is sírtam. – Van másik megoldás is, kell lennie! Ez nem érhet így véget!

– Emlékezz rá, mire tanítottalak. A parancs...

– Az a parancs nem jó – szorult a ravaszon az ujjam egyre szorosabbra. – Van más megoldás, Scott, kérlek, kérlek, ne csináld! Ne ölj meg engem is, mert ezzel csak engem is elpusztítasz.

A homokba kezdte el verni a fejét, a keze lehanyatlott az enyémről, én pedig elhajítottam a pisztolyt: minél messzebb, annál jobb. Utána pedig kezembe vettem a fejét, és kényszerítettem, hogy rám nézzen.

– Nézz rám! Nem teszem meg, képtelen lennék rá. Van egy ötletem. Ali édesanyja abban a faluban él, amerre tartunk. Elég, ha csak én megyek vissza a bázisra. Majd azt hazudom, hogy megtettem. Magam mellé állítom az egységet és elintézem Heyle-t, de cserébe te önkéntes száműzetésbe vonulsz, és megvárod, míg végzek az ezredessel.

Lejjebb csúsztam az ölében, így volt lehetősége felülni, közben pedig leeresztettem a kezemet.

– Száműzetés? Húzzam meg magam, mint egy gyáva nyúl?

– Csak addig, míg Heyle el nem tűnik a színről.

– És addig őrüljek bele, hogy ott van karnyújtásnyira tőled? Nem kérheted, hogy üljek tétlenül, miközben Heyle bármikor rád teheti azt a mocskos mancsát...

– Te meg azt nem kérheted tőlem, hogy temesselek ide. Más opció nincs, és nem leszel tétlen, ígérem, de most már ideje menni.

Felálltam az öléből, majd megálltam mellette, megvártam, míg ő is felállt. Összeszedtük a zsákokat és a fegyvereket, majd még egyszer visszanéztem Ali sírjára, és követtem Scott-tot a sötétségbe.

XV. fejezet

Nem tudtam, milyen messze vagyunk a falutól, és persze a tábortól. Azzal tisztában voltam, hogy több napja eljöttünk, mint terveztem, és az is világos volt, hogy ha a bázisra vissza is térek, nagy kockázatot vállalok vele. Ugyanakkor volt min gondolkodnom. Ali halála miatt még most is üresnek éreztem magam, de a szívem mégis pumpálta a véremet. Át kellett értékelnem mindazt, amit megfogadtam, mert a szívem makacsul ragaszkodott ahhoz az érzéshez Scott iránt, ami benne élt, mióta kirángattam az autóból. Eddig sikerült tudomást sem venni róla; úgy tenni, mintha nem lenne ott, de a története, amit elmesélt Heyle-ről, és ahogyan próbált minden eszközzel megvédeni, az megdobogtatta a szívemet. Szerette Alit, rábízott a támadás alatt, hogy megvédjen minket, és visszatért értem. Sok információ volt egyszerre egy olyan férfiról, akit teljesen másnak ismertem meg. Eddig egy vastag álarcot viselt. A katonáét, aki nem ismer engedetlenséget, és aki nem az a férfi, aki most sétált mögöttem. Tudni, hogy szeret, szerelmes belém, és hogy viszonozhatnám az érzéseit, egyszerűen gúzsba rántották a gyomromat. Mélyen belül, az eszemen túl vágytam a szerelmére. A bennem élő nő vele akart lenni, de a katona egyszerűen elnyomta a nőt.

Már keményen éjszaka volt, mikor elértük a falut. Tudtam, hogy ez már bőven a tálibok területe, ráadásul kijárási tilalom is volt. Csak akkor jutott eszembe, hogy Ali nincsen velünk, és nekem el kell mondani a családjának, hogy meghalt. Csendben haladtunk, igyekeztünk a házak között nem zajt csapni, hátha megúszhatjuk, míg elérjük a kis kalyibát. A sötét amúgy is megnehezítette a tájékozódásunkat, de végül csak elértük. Nekem pedig akkor a torkomba ugrott a szívem, mikor kinyílt az ajtó:

– Ki az? – dugta ki a fejét a résen Ayse, mire engem megpillantva mindkettőnket beterelt az utcáról a lakásba. Korábban nem volt időm jobban körülnézni, de most azért megtettem.

Egy nappali, kis konyha és két külön szoba. A berendezés egy szegényebb családnak felelt meg. Nem bámészkodhattam sokáig, mert Ayse egy lapáttal majdnem nekiesett Scottnak.

– Mit akar itt ez a férfi, lányom? Nincsen helye itt!

– Nyugodjon meg, Ayse asszony. Ő a társam, küldetésen voltunk, de már nem érünk vissza a támaszpontra.

Ali jó tanárnak bizonyult az afgán nyelv tekintetében. Egészen jól megtanultam az itt töltött idő alatt.

– Hol van a fiam? Őt hol hagytad, Emilia?

– El fogom mondani, csak tegye le azt a lapátot és nyugodjunk meg.

– És ez a katona megbízható? Nem fog elárulni, és álmunkban bántalmazni minket?

– Nem, becsületes férfi, elhiheti nekem, asszonyom. Ali is vakon bízott benne.

A nő letette a lapátot a sarokba, majd intett nekünk, hogy üljünk le a szoba közepén álló asztal mellé. Közben a két kislány is előbújt a szobából, ahol eddig tartózkodtak.

– Mi történt a kisfiammal? Korábban el sem mozdult mellőled, lányom.

Hallottam a hangján, hogy sejti, Ali már nincs.

– A bevetés alatt támadás ért bennünket, asszonyom – kezdte el hirtelen helyettem Scott a magyarázatot. Meglepően jól beszélte az afgánt, amivel meglepett. – Ali...

Nem hagyhattam, hogy ő mondja el, így félbeszakítottam:

– Feláldozta az életét, hogy engem megmentsen, Ayse asszony.

A szavak csak úgy kibuktak a számon. Nem volt helye hazugságnak. Tudtam, hogy egy anyától, aki elvesztette a fiát, bármi kitelik, és éreztem, hogy a mellettem helyet foglaló Scott megmerevedett. Ayse először csak a szájára szorított kézzel sírt. Aztán hirtelen abbahagyta, felemelt fejjel, könnyes szemmel felállt és megállt előttem.

– Az én kisfiam, megmentett téged, Emilia Zajac. Az áldozatát el kell fogadnom, és nincs jogom felülbírálni a döntését. Sok levelében emlegette, mennyire szeret téged, és hogy ha lehetne nővére, olyat szeretne, mint te. Így mivel ő már nincs, kötelességem téged a saját lányomnak tekinteni. Úgy foglak téged szeretni, ahogyan az én Alim tette.

Erre nem voltam felkészülve. Igaz, csak arra gondoltam, hogy ki fog borulni, de ez engem is meglepett. Kinyújtotta felém a karjait, mint aki ölelésre várja a gyermekét, így felálltam én is, és átöleltem. Néhány percig csak sírtunk egymás vállán, majd a vékony lánykarokat is megéreztem a derekamon.

– Megígértem neki, hogy bármi történik, ha el kell hagynom Afganisztánt, akkor is gondoskodni fogok a családjáról. Nem hagylak benneteket cserben.

– Ezt el is várom tőled, lányom, és remélem, az a veszett kutya, amelyik lelőtte a fiamat, oda került ahol a helye van.

– Az összes golyót, ami a puskában volt, elpazaroltam rá.

– Akkor a vérbosszúért is hálás vagyok neked.

Ayse elengedett és a lányait kezdte sürgetni, hogy menjenek aludni, és hozzák ki a szobából a takarókat és a párnákat, mondván, hogy a szoba az enyém.

– Nem akarom őket kipaterolni a szobájukból. Inkább Ali szobájában aludnék, ha lehet – mondom szerényen, de Ayse elhúzza a száját.

– Biztos vagy benne, lányom? Ez most nem a megfelelő idő erre, inkább a lányok szobáját javaslom.

– Hagyja őket a saját ágyukban aludni. Jó lesz nekem ott.

Erre már Scott is beleszólt a vitába. Finoman megfogta a könyököm, és maga felé fordított:

– Szerintem jobb volna, ha elfogadnád azt a szobát. Pihenned kell.

– Maga, fiatalember, csak ne szóljon bele! A lányom tudja, hogy mit akar. Ha a fiam szobájában akar aludni, akkor ott fog. Különben is, ne merjen közeledni a fogadott lányom felé, vegye le róla a kezét!

Ayse egyértelműen maró hangja jelezte számomra, hogy mennyire nem szíveli a fiatalembert. Scott megadóan felemelte a kezét az asszony felé, de a tekintete továbbra is aggódó maradt.

– A maga helye a kandalló mellett lesz, a földön, de mivel Emilia láthatóan védi magát, hát nem leszek magával kegyetlen – azzal a szemem láttára szabályosan hozzávágott egy párnát. – Még egyszer mondom, ne menjen Emilia közelébe! – sziszegte Scottnak, aztán még egyszer megölelt, és eltűnt a lányaival együtt a szomszéd szobában.

Én a nekem kikészített pakkhoz léptem, és Scott felé nyújtottam a takarót belőle:

– Ne fázz meg a padlón, rendben? – suttogtam neki, hogy a szobában lévők ne hallják meg, aztán én is a kis szoba felé vettem az irányt. Még megvárta, míg becsukom magam mögött az ajtót. Láttam, hogy kísér a szemével, és az is feltűnt, hogy továbbra sem nyugodt. Mintha villám csapott volna meg, úgy tudtam, hogy az éjszaka további részét ébren fogja tölteni, figyelve minden moccanásomra.

Bementem a kisebb szobába, felkattintottam a lámpát, majd behajtottam az ajtót. Szerény szoba volt egy ággyal, komóddal és egy székkel. Ali egyszer mesélte, hogy szereti a szerény dolgokat, és hogy az ő élete is szerény. Letettem a párnámat az ágyra és eldőltem rajta, de ha akartam volna, sem tudom lehunyni a szememet. Az agyam már az előttem álló megpróbáltatásokon kattogott. Próbált kitalálni valami megoldást Scott és Ayse összebékítésére, ugyanakkor a búcsúra is jutott gondolat. Az holtbiztos volt, hogy miután azt az ostoba próbálkozást meghiúsítottam, távol kellett tartanom Scott-tot a bázistól, és nekem kell majd kezelésbe vennem Heyle ezredest. Ehhez pedig Robert és Tim támogatása, meg persze az egység magam mellé állítása kellett. És amint Robertre gondoltam, eszembe jutott, mit mondott Scott. Robert szintén szerelmes belém. Ha most visszatérek a bázisra, akkor távol kell tartanom magam minden férfitól. Azt pedig nekem is tudomásul kell vennem, hogy szeretem Scott-tot. Nem jöhet a közelembe, nem lehet mellettem, mikor úgy hiányzik Ali, de akkor is ki kell találnom valamit a számára. Nem jöhet el velem. Ha kell, akkor megkérem, hogy vigyázzon a fogadott családomra. Akkor kénytelenek lesznek békét kötni egymással az én kérésemre. Odakintről hallottam Scott motozását, és felkeltem az ágyról abban reménykedve, hogy bejön és segít ezt a nehéz helyzetet megoldani, de nem nyílt az ajtó. Ismertem annyira, hogy becsületes marad, és nem szegi meg a szavát.

Sokáig feküdtem álmatlanul az ágyon. Tudtam, Scott ugyanazt teszi a kandalló mellett. A szívem nehéz volt, kint szeretett volna lenni azzal az emberrel, aki olyan régóta viszonzatlanul szeret. Sosem fogadtam szót a makacs szívemnek. Még Lukasz mellett sem, de ez az érzés Scott iránt most más volt, mint amit Lukasz iránt éreztem az iskolában. Talán az is benne volt, hogy érettebb lettem, és persze egy érett fiatal férfi szerelmét birtokoltam, aki, valljuk be őszintén, egy csodálatos egyéniség. Nem érdemli azt a fájdalmat, amit okozok neki. Kínzom, mióta csak ismer. Ez a felismerés pedig nekem okozott fájdalmat. Újra felültem, és ezúttal odamentem az ajtóhoz, nem számítva arra, hogy Scott ott áll. Nem szólt hozzám, csak figyelt és várt. Én viszont döntöttem: nem várok. Tudni akarom, milyen annak a karjában lenni, aki szeret, igazán szeret, annyira, hogy meghalni is képes legyen értem. A szívem a torkomban kezdett verni, mikor összeért az ajkunk. Automatikusan átkarolta a derekamat és közelebb húzott magához. Úgy mozdultam, hogy beljebb lépjen, így a háta mögött be tudtam lökni a szoba ajtaját, mindezt úgy, hogy nem szakadtam el tőle. Még sosem éreztem magam ilyen boldognak, mint abban a pillanatban. Másra sem vágytam, csak hogy sose érjen véget. Ám Scott, amint megérezte a tarkóján a kezemet, megszakította a varázst, ami köztünk volt:

– Nem jöhetek a közeledbe, elfelejtetted, Emilia? – Éreztem a kezét a kezemen, lassan lefejtette a fejéről és elengedett, amit nem akartam. – Hidd el, másra sem vágytam eddig, csak egyszer legyen lehetőségem erre, de becsületesnek kell maradnom.

– Ugye tisztában vagy vele, hogy holnaptól sokáig nem találkozunk? – Mindketten halkan beszéltünk, hogy a szomszéd szobában alvókat ne ébresszük fel.

– Igen, tudom.

– Akkor azt is tudod, hogy viszonzom, amit érzel, és nem akarok úgy elmenni reggel, hogy...

– Már akkor tudtam, Em, amikor a homokban fekve nem engedted, hogy véget vessek az életemnek. Azt hittem, megőrülök.

Ezt a harcot Heyle-vel nekem kell megvívni. Küzdeni érted, úgy érzem, nem érdemlek viszonzást, amíg nem harcoltam ki. Nem engedlek el egyedül. Ez az én háborúm, az én harcom.

– Ha visszajössz velem, akkor Heyle talál más megoldást, hogy elválasszon tőled. Én kellek neki. Csak akkor van esélyem újra látni téged, ha elintézem Heyle-t, ahogyan azt már megbeszéltük.

Láttam rajta, hogy rosszul érinti, amit hall; megrázta a fejét, hogy jelezze nemtetszését, mire újabb késztetést éreztem, hogy átöleljem. Scott csak azt láthatta rajtam, amit a szememből nem tudtam eltüntetni. Nem szólt semmit, csak újra hozzám hajolt. Mindkét kezével közrefogta a fejemet, és olyan hevesen csókolt, hogy az eszem elhagyott tőle. Csak kapaszkodtam belé. Aztán hirtelen a karjába kapott, és nem telt bele egy percbe sem, leült velem az ágyra. Csak akkor szakadt el tőlem, mikor már levegője is alig volt.

– Azt mondod, sokáig csak álom lehetsz. – suttogta rekedten, érzelmektől fűtött hangon. – Akkor kénytelen leszek hátat fordítani a becsületnek, hogy az álmaim életben tartsanak és ne őrüljek meg a félelemtől, hogy el foglak veszíteni, vagy most végleg elbúcsúzom tőled és elindulsz. Nekem maradnom kell, mert a nő, akiért meghalni is képes lennék, így akarja.

Ezzel a kezembe adta a döntést, amit abban a percben nem tartottam jó ötletnek, mert nem volt a katona, aki visszafogta volna a nőt.

– Sosem szerettem búcsúzkodni, és nem vagyok hajlandó lemondani rólad. Hallottad? – Belenéztem a szemébe, egyenesen a zöld szemének mélységébe. – Nem akarok búcsút venni tőled. Veled akarok lenni, amíg lehet. Ha ez az utolsó lehetőségem, akkor is.

Elvigyorodott, majd mikor átöleltem, magához szorított jó erősen. Magamba szívtam az őt körülvevő furcsa, mégis megnyugtató illatot.

– Becsületes akarok lenni, de nagyon megnehezíted a dolgomat – suttogta a vállamba.

– Arra vágyom, hogy elveszítsd a fejed. Ne légy becsületes, inkább arra gondolj, hogy talán többé nem látjuk egymást.

Egyetlen mozdulattal döntött az ágyra. Tényleg akartam, hogy megtegyük, de Scott józanabb maradt, mint én.

– Nem veszíthetem el a fejemet veled, Emilia. Nem itt és nem most van az ideje. Akkor sem, ha ez az utolsó lehetőségem rá.

Elkezdtek potyogni a könnyeim, miközben Scott segített felülni. Én ülve maradtam az ágyon, ő pedig leguggolt elém. – Kérlek, Emilia – megszorította a kezemet –, ne sírj. Nem azt mondtam, hogy nem akarom. Én csak vigyázni akarok rád, mindennél jobban.

– Ebben a helyzetben nem tudsz rám vigyázni, mert nincsen rá szükség.

– De igen, van. Nekem fontos, hogy biztonságban érezd magad mellettem, és boldoggá akarlak tenni. Otthon, a biztonságos környezetben. Azt kívánom, hogy többet ne kelljen itt lenned, szenvedned, elveszítened, akiket szeretsz. Látni akarom a mosolygós, vidám lányt, és rá van szükségem, arra, hogy nyugodt és békés életre lelhessek mellette. Ha ez csak egy álom, akkor ezzel az álommal a szívemben akarok meghalni. Nem számít más.

– Mennyit ér meg az az áhított boldogság, ha akár el is veszítheted, Scott? Mennyit?

– Most mire gondolsz?

– Te is katona vagy, én is. Aktívak vagyunk. Mindig készenlétben lenni, rettegni, hogy mikor jön a telefon, és ha egyikünket kivezénylik, rettegni, mikor jön a gyászhuszár, ez nem boldog élet.

– Ígérem neked, hogy soha többé nem kell rettegned, csak jussunk haza. Leszerelek és más munkát vállalok, nem kell nekem egész életemben szolgálni, és neked sem.

– Egy ilyen becsületes és törekvő embert, mint te, hülyék volnának elengedni. Még ha el is éred, hogy engem leszereljenek, téged nem fognak elengedni. Arra meg képtelen leszek, hogy ölbe tett kézzel várjam a hírt, hogy...

A kezembe kellett rejtenem az arcomat a kitörő sírás miatt. Belegondoltam, és borzadt a lelkem az egésztől.

– Emilia, nézz rám! – fogta meg mindkét csuklómat Scott. – Nézz a szemembe, kérlek! Ali elmesélte, mikor a gyengélkedőben feküdtél. Elmondta, hogy megfogadtad, nem leszel szerelmes.

A gyászhuszár miatt. Tisztában vagyok vele, hogy nem akarsz olyan életet élni...

– Olyan életet nem akarok élni, amiben te nem létezel. Most már nem.

– Elhiszed nekem, hogy megoldom? Mindent megteszek, hogy ha túléljük ezt, szabadok legyünk ebből a szoros kötelékből. Akkor megnyugszol?

– Erre semmi garancia nincs. Nekem pedig szükségem van rád.

– Tudomásul vettem. Te csak azzal törődj most, ami előtted áll, rendben? Magad mögé kell állítani az egész egységet, és elintézni Heyle-t. Megígérted.

A nap első sugarai akkor kandikáltak be a függöny rései közt. Scott felállt, de nem engedte el a csuklómat, így én is kénytelen voltam felállni.

– Itt az ideje, hogy elindulj, én meg visszafekszem a kandalló mellé, mielőtt Ayse asszony felébred, különben megnézhetem magam. – Megsimogatta az arcomat a kézfejével, amitől csak még rosszabbul éreztem magamat. – Azért lépj meg most, mert különben nem foglak elengedni. Szedd össze a holmit és menj, mielőtt felébrednek. Majd megmondom nekik, hogy korán, még sötétben elmentél.

– Vigyázz rájuk helyettem, és védd meg őket a veszélyektől!

Mielőtt folytathattam volna az aggodalom-rohamot, megcsókolt, és tudtam, hogy ez most az utolsó bizonytalan ideig.

– Minden másodpercben várni foglak, míg újra a karomban nem tarthatlak – suttogta nekem, majd elengedett, és hátat fordítva nekem magamra hagyott.

Még percekig képtelen voltam megmozdulni. Már akkor éreztem, hogy mennyire hiányzik nekem. Nagyon halkan én is kimentem a szobából, a bejárati ajtó mellé letett zsákokhoz léptem, a vállamra akasztottam mindkettőt, majd csak az egyik puskát vettem a kezembe, és anélkül, hogy abba az irányba néztem volna, ahol Scott feküdt, kiléptem a derengő fényben az utcára.

XVI. fejezet

Nem sétáltam sokáig az utcán, mert a falu szélétől már szaladtam. Egészen a bázist körülvevő kerítésig. Ám amint elértem, a homokba rogytam és sírva fakadtam. Abban a pillanatban úgy éreztem, hogy képtelen leszek végigcsinálni. Sok volt egyszerre; Ali elvesztése és a búcsú Scott-tól minden erőmet felemésztette. Nem tudom, meddig ülhettem sírva a homokban, mikor egy puha, nedves valami elkezdte az arcomat piszkálni. Csak akkor tűnt fel, hogy egy drapp színű tacskókeverék kölyökkutya nyalogatja a könnyeket az arcomról.

– Hé... hát te mit keresel itt? – kérdeztem a szememet törölgetve a kiskutyától, mire az rám emelte kerek, fekete szembogarú szemét. Leült mellém, és értelmesnek tűnő fejét a térdemre fektette.

– Honnan jöttél? – tettem fel az újabb kérdést, de választ nem kaphattam. Így aztán felálltam a homokból, és elindultam a kerítés mellett. A kutyus azonban oda is követni akart.

– Nem, nem jöhetsz velem. Nekem ide be kell jutnom, nem vihetlek be.

Úgy nézett rám, hogy meg kellett állnom. Egyszerűen olyan könyörgő volt a pillantása, hogy elfacsarodott a szívem. Nem tudtam, mit csináljak, hát leráncigáltam magamról az egyenruhám zubbonyát, és mivel volt alatta fehér póló, becsavartam a kiskutyát.

– Egy hangot se, míg le nem raklak! – utasítottam a csomagot. Így aztán már társasággal indultam tovább a főkapuhoz, ám előtte a kerítés titkos résén becsempésztem a saját barakkomba a kutyust. Utána a kapuhoz mentem, bejelentkeztem, és jelentkeztem az ezredesnél.

Heyle szokásához híven a központi épületben rejlő irodájában ült egyedül. Illendően bekopogtam, és mikor hallottam tőle a „szabad"-ot, lenyomtam a kilincset.

– Jelentkezem, uram! – szalutáltam, mire gyorsan leintett, és mint az éhes farkas, rácsapott az egyedüllétemre. Láttam a szemében az eszelős örömet, hogy egyedül lát.

– Pihenj, katona! Hogy ment a küldetés?

– Teljesítettük, ahogyan kérte, uram.

– Egyedül jött. A többiek?

– Nem élték túl. – Száraz lett a torkom, amint elhagyta a számat a hazugság, mégis, fél szemmel azért láttam az elégedett mosolyt átsuhanni az ezredes arcán.

– Ez sajnálatos, közlegény. Azért mondja el nekem, hogyan történt.

– Megtámadtak minket, uram, amikor elindultunk a támaszpontról hazafelé. A hadnagy úr fedezett engem és testőrömet is. A gyerek végül a védelmem során halt meg, a hadnagy pedig megsérült. Egy eltévedt golyó artériát ért, és egy barlangban húztuk meg magunkat, ott elvérzett.

Számomra is meglepő volt, milyen könnyen hazudok a szemébe. Ugyanakkor Ali miatt még könnyű is volt tettetni a fájdalmat. Így aztán az ezredes azt hitte, kettejük miatt érzem magam rosszul. Pedig csak Ali miatt szomorkodtam; tudtam, hogy Scott-tot már nem érheti el a keze.

– Ez sajnálatos, közlegény, de az életünk nem állhat meg, mert elvesztettünk egy kiváló tisztet. Andrewsra lehetett számítani. Bátor és vakmerő, ugyanakkor a legmegbízhatóbb ember volt az egész támaszponton. Fáj azt hallanom, hogy az egységemnek nélküle kell boldogulnia. Maga, Zajac, most néhány napig nem áll szolgálatba. Pihen és gyászol. Gondolom, mennyire megterheli az eset. Ha bármire szüksége volna, forduljon hozzám bátran. Igyekezni fogok, hogy minél hamarabb túl legyen rajta. Számíthat a támogatásomra.

Ahogyan azt Scott megjósolta, az ezredes bedobta magát. Elég bizalmas mozdulat volt ahhoz, hogy feltűnjön, de hagytam, hogy megszorítsa a karomat.

– Ha beszélni akar róla, a szállásom a támaszpont keleti szegletében van, a kerítésen túl. Szóljon, és kiengedik. Hivatkozzon rám nyugodtan.

– Köszönöm a részvétteljes viselkedését, uram, majd igénybe veszem, ha szükséges lesz – mondtam neki, de tudtam, hogy a közelébe nem fogok menni még egyszer ennek az embernek. Alig vártam, hogy visszamehessek a saját szállásomra, de mielőtt megtehettem volna, még utánam szólt:

– Ígértem, hogy elmondom, mi történt az édesapjával. Teljesítette a parancsot, így betartom, amit ígértem. Sajnálom, de az édesapja bevetésen vesztette az életét. Felrobbant egy tartály a közelükben.

– Köszönöm, uram, hogy őszinte volt. – Még egyszer szalutáltam, aztán az ajtó felé fordulva elhagytam az irodát. A központ bejáratától ötven métert sem tettem meg, mikor szembejött az ösvényen Robert. Rá nem voltam felkészülve, így megpróbáltam kikerülni és továbbmenni, ám csak nem hagyta. Elkapta a karomat és maga felé fordított:

– Emilia, merre jártál az elmúlt napokban, és hol van Ali? Míg Scott nem tér vissza a küldetéséből, addig nekem kellett volna szemmel tartanom téged, de nem voltál sehol. Már tűvé tettük utánad az egész bázist.

– Dolgom volt. Titkos. Nem beszélhetek róla. – Tovább akartam menni, de csak nem engedett.

– Hol van Ali?

Keserű pillantással ránéztem, és álltam a tekintetét.

– Ali már a mennyország angyalkórusát erősíti, Robert, és ha most megbocsátasz, fáradt vagyok. Egész éjjel meneteltem.

– Ali meghalt? Akkor a hadnagy...

– A gyerek stikában elment vele arra a küldetésre, és nem élték túl.

A hazugság szinte marta a torkomat, de muszáj voltam neki is hazudni. Tudtam, hogy magammal tolok ki, de senki nem tudhatta, mi történt valójában. Scott érdekében. Láttam Robert arcán a fájdalmat. Tényleg a barátja volt. Őszintének kellett volna lennem vele, de nem bíztam meg senkiben.

– Scott sem jön már vissza? – suttogott, és olyan erővel szorította a karomat, hogy felszisszentem a fájdalomtól. Csak akkor kapcsolt, hogy fájdalmat okoz, és elengedett. – Az a fránya küldetés, mondtam neki, hogy ne menjen, hogy egyedül öngyilkosság...

–Nem volt egyedül. Ali vele volt. Csak a tálibok szervezettebbek voltak.

Bólintott, hogy megértette, majd félreállt az utamból. Ám én nem mozdultam.

– Ott voltam, de ne haragudj, most képtelen volnék elmondani neked, hogyan történt.

– Persze. Menj csak pihenni. Majd elmondod, ha már elég erős vagy hozzá. Mi várunk. Amennyit csak kell.

– Köszönöm.

– Azért ne tűnj el. Megígértem, hogy vigyázok rád, és ezt még az után is be szeretném tartani, hogy ő már... – Elcsuklott a hangja a gondolatra.

– Hát persze. Ígérem, nem fogok megint eltűnni – azzal hátat fordítottam neki, és eltűntem a szeme elől a sátrak között. Mire a saját sátramhoz értem, már megint csak sírtam. Rávetettem magam a priccsemre, és ömlöttek belőlem a könnyek. Hiányzott Ali, és a hazudozás miatt is rosszul éreztem magam. A kiskutya odajött hozzám, és két mellső mancsával feltámaszkodott oda, ahol a karom volt. Orrával vigasztalón bökdösött, de én nem vettem róla tudomást. Aztán mikor kisírtam magam, felültem, és az ölembe vettem.

– Remélem, tudod, hogy nem maradhatsz itt. Rajtam sem tudsz segíteni, de most olyan jó hogy itt vagy! – mondtam a kutyusnak halkan, miközben a füle tövét vakargattam. – Tudod, hiányoznak, mindketten. Nélkülük képtelen leszek folytatni a hazudozást, és nem tudom, mit csináljak. Scott tudná, mit csináljon. Vele minden könnyebb lenne. Csakhogy nekem nélküle kell boldogulnom.

A kutyus az ölembe hajtotta a fejét, és mire befejeztem a monológot, addigra el is aludt. Én azonban csak nekitámasztottam a hátamat a sátor falának, és képtelen voltam lehunyni a szememet. A gondolataim az előző este körül forogtak. Újra elöntött a Scott iránti szerelem, az érzés, ami semmihez nem volt fogható. Szinte átjárta az egész lelkemet, és ez új erőt és ötleteket adott, hogy megoldjam az előttem álló feladatot.

Egész éjjel gondolkoztam, másnap pedig újult erővel vetettem bele magamat az őrködésbe, merthogy az ezredes nem engedélyezett másfajta szolgálatot. Tényleg bedobta magát, próbált a kedvemben járni, ami persze csípte Robert szemét. Utóbbi is igyekezett elnyerni a hódolatomat valahogy, én viszont nem engedtem közelebb magamhoz, ami egy idő után idegesítette. Így aztán már két férfi volt, akik gyűlölt, amiért visszautasítottam őket. Ennek ellenére haladtam az igazság terjesztésével. Először csak néhány fiatal katonának meséltem a tervről, aztán ők továbbadták, és nekem nem is kellett többet tennem. A hírek terjedtek, mint a futótűz, már-már azt hittem, minden sínen van. Aztán egy este – persze nem aludtam, az nem is ment volna – betörtek a körletbe, és gyakorlatilag megtámadtak. Látszólag tálibok voltak, először el sem jutott az agyamig, hogy bent vannak, aztán mikor már nekem jöttek és nem érhettem el a fegyvert, amit mindig a párnám alatt tartottam, rájöttem, hogy ez nem álom. Aztán egy rongyot nyomtak a számba, amitől elsötétült minden...

Sokáig aludhattam, és arra ébredtem, hogy zsibbad mindkét karom. Egyszerűen nem tudtam megmozdítani őket. Kinyitottam a szememet, és csak homályosan, de feltűnt, hogy nem a saját helyemen vagyok. Idegen volt a környezet, és rögtön szemet szúrt, hogy egy olyan helyen lehetek, ahol bizony egyetlen férfi lakik. Csak akkor csapott belém, hogy mit mondott a visszatérésem estéjén Heyle: *„Ha bármire szüksége van, csak keressen fel. A szállásom ajtaja mindig nyitva áll ön előtt."* Ezt mondta, azt hiszem. Csak nem értettem, hogy akkor miért vagyok kába, és miért vagyok egy fagerendához kötözve. Megpróbáltam mindent, hogy kiszabaduljak, de a csomó olyan szoros volt, hogy képtelenség lett volna kibogozni. Hiába rángattam, nem volt menekvés. Bele kellett nyugodnom, hogy fogoly vagyok. A karom zsibbadt, de igyekeztem nem kétségbe esni. Teltek a percek, aztán egyszer csak valahonnan, fogalmam sincs hogyan, a kis Rozsdás, mert így neveztem el a kutyust, előbújt, és a kezemet kezdte nyaldosni.

– Rozsdás, segíts kiszabadítani a kezemet! Már alig érzem.

A kölyök csak rágcsálni kezdte a csomót, de hát az csak nem akart kioldódni.

– Jól van, kiskutyám, menj, hívj segítséget, keress valakit, aki segíthet. Indulj! – suttogtam, mire előjött és értelmes szemével rám nézett, aztán eltűnt arra, amerre jött.

Újabb csend telepedett rám, de igyekeztem nem kétségbeesni. Reméltem, hogy Rozsdás hoz számomra segítséget, de reményeim szertefoszlottak, mikor a kutya eltűnése után néhány perccel megjelent a szoba ajtajában Heyle, és világosságot varázsolt.

– Szép estét a hölgynek – édelgett nekem, mintha nem is a foglya volnék. – Gondolom, elég kellemetlen lehetett a bánásmód, amit az embereim alkalmaztak az irányában, de ők nem olyan kifinomult módszerekkel dolgoznak, mint mi. Nézze el nekik a durvaságukat – azzal mögém lépett, és kibontotta a csuklómon a csomót. Amint szabad lettem, menekülőre fogtam az ajtó felé, de az ezredes elkapott, és a szoba másik felében lévő ajtó felé kezdett vonszolni.

– Sajnálom, de nem mehet el innen, Emilia. Nem engedhetem el, mert most nagyon rossz kislány volt.

Az ágyára lökött, és olyan szorosan tartott lent, hogy mozdulni, de még levegőt venni is alig tudtam.

– Miért terjeszt rólam hazugságokat az egységemen belül? Lázadást akar szítani, ahogyan azt az az átkozott Andrews is tette? Miért gyűlöl engem ennyire, mikor én szeretem magát?

– Eresszen el, uram! – nyögtem a súlya alatt alig hallhatóan, ám a súly nem csökkent. Akkor már éreztem a kezét az oldalamon.

– Elereszthetem, kislány, de attól tartok, annak ára van. Előtte az enyém lesz, és nem áll ellen.

– Akkor öljön meg, uram, ahogyan azt már megpróbálta korábban a hadnagy úrral. Tudom, hogy maga küldte oda a faluba, ahol felrobbant a teherautó. Meg akarta ölni, mert megakadályozta, hogy a terve velem megvalósuljon.

– Ő már nem mentheti meg többet, Emilia. Már nem siethet a segítségére, mert meghalt. Ami pedig a tervet illeti, lehet kovácsolni másikat.

– Miért paktált le az ellenséggel?

Éreztem, hogy lazít a szorításon, de még mindig nem voltam olyan helyzetben, hogy küzdeni tudjak. – Miért szállt be a fegyverkereskedelembe velük, és miért árulta el a hazáját?

– Ahhoz neked semmi közöd, te kis vadmacska. Most pedig elég volt a kérdésekből. Ha ki akarsz szabadulni, tudod az árát. Ha ellenállsz, én akkor is megkapom, amit akarok.

– Ne higgye, hogy megadom magam harc nélkül, ami pedig a szívemet illeti, arról már lecsúszott.

– Nem érdekel, mert el fogom érni, hogy szeress engem.

Abban a pillanatban akkorát rántott rajtam, hogy a hátamon kötöttem ki, míg a keze a nadrágom gombjának közelében matatott. Mindkét kezemet a fejem fölé emelte és egy marokkal szorította az ágyhoz, a másikkal közben rajtam matatott.

– Többet nem fogsz semmibe venni, és végre megelőzöm azt, akit annyira szeretsz még a halála után is. Mióta csak megtudtam, hogy kivezényelnek téged, azóta várok a percre, de az a ficsúr, aki őrmesterből hadnaggyá lépett elő, mindig kereste az alkalmat, hogy keresztbe tegyen. Ám most már én kerültem nyeregbe.

Azzal a lendülettel ágyékon rúgtam, ami nem volt elég arra, hogy elengedjen, csak még erősebben szorított és nem engedett.

– Add fel, kislány! Küzdhetsz, de nincsen értelme. Úgyis az enyém leszel, ha akarod, ha nem.

– Nem – nyögtem keservesen, mikor megéreztem a kezét magamon. – A magáé leszek, de nem kapja meg, amit akar, csak miután kikapartam a szemét.

A kéz hirtelen kigombolta a nadrágomat, de hiába ficánkoltam alatta, mindig visszarántott. Teltek a másodpercek, felkészültem rá, hogy meg fog becsteleníteni, ahogy azt is tudtam, hogy megadom neki azt az örömet, hogy a tetejébe még sírni lát. De mielőtt a keze vagy bármely másik testrésze elérhetett volna, valaki hátulról egyszerűen leütötte. Heyle ettől elájult, és elterült a földön. Én még fekve maradtam, mert nem bírtam megmozdulni és csak sírni volt energiám.

– Emilia... – Megrezdültem, és automatikusan az ágy fal felőli oldalára másztam, minél messzebb a jövevénytől. Csak mikor ránéztem a könnyfátyolon keresztül, akkor vettem észre, hogy Scott az. Csak néztem rá; láttam a szemén, hogy rögtön felmérte a helyzetet és pontosan tudta, mi történt.

– Nyugodj meg. Én vagyok.

Lassan, szinte csigatempóban lemásztam az ágyról és hozzá sétáltam. Szinte felismerhetetlen volt a burkában, amit viselt, és egy régi típusú Glockot tartott a kezében. Már csak a turbán hiányzott a fejéről. Tudtam, hogy nem nyújtok szép látványt, és azt is, hogy holnap reggelre biztosan lila ujjnyomok lesznek rajtam, de abban a pillanatban csak az tudott érdekelni, amit a látványom kivált belőle: az a fajta fájdalom sütött a szeméből, ami sosem múlik el és kételyek táplálnak.

– Kérlek, Emilia, mondd, hogy nem tette meg, mert ha igen...

Odamentem hozzá és átöleltem. Sírtam a vállán, ő csak tartott szorosan, de nem sokáig bírta a bizonytalanságot:

– Könyörgöm neked, mondj már valamit!

Eltolt magától, a Glock kicsúszhatott az ujjai közül, mert hangos koppanással ért földet. Csak akkor tűnt fel, hogy remeg a visszafojtott indulattól, mikor a kezei közé vette a fejemet és ránéztem.

– Nem... ért célt, de ha célt is ért volna...

– Erre ne is gondolj. Az a lényeg, hogy nem esett bajod.

– Hogy kerültél ide? Nem derülhet ki, hogy élsz, akkor hiába volt minden.

– Egy kiskutya úgy két órája megtalált a dombon túl. Addig ugrált és nyafogott nekem, míg el nem jöttem. Mikor kiejtettem a számon a neved, heves ugatásba fogott. Innen tudtam, hogy baj van.

– És csak most vagytok igazán bajban.

Scott olyan hirtelen fordult meg, hogy reagálni sem volt időm. Maga mögé utasított, és gyakorlatilag a testével védett.

– Mikor hallottam Emiliától, hogy meghaltál, azt hittem, végre megvan az esélyem, de Emilia engem sem engedett közel magához. Keserűen, de rá kellett jönnöm, hogy még holtodban is úgy szeret téged, ahogyan engem sosem fog. Ez pedig feldühített. Azt viszont meg sem álmodtam, hogy pont most jön el a pillanat, amikor bosszút állhatok rajtad, amiért lecsaptál a nőre, akit kiszemeltem magamnak.

Kilestem Scott karja mellett, és csak akkor láttam, hogy Robert kezében a szolgálati pisztolya van, amit egyenesen Scott mellkasának szegez.

– Kiszemelted, mint egy darab húst. Tudomásul vettem, hogy mit érzel iránta, megpróbáltam eltemetni magamban és igyekeztem elkerülni, de van, amit nem lehet erőltetni.

– Ha úgy tudtad, miért vetted el a lehetőségemet?

– Nézz már körül! Nem tűnik fel? Az ezredes...

– A terv szerint kellett volna alakulnia, és akkor megmenthettem volna. Végre én lettem volna a hős, de megint csak beleköptél a levesbe. Nem hagyva mást választást.

Jól hallottam, hogy kattan a kakas a pisztolyon, ami egy dolgot jelentett: lőni készül. Kétségbeestem.

– Szövetkeztél ezzel a perverz rohadékkal, csak azért, hogy elérhesd Emiliát? Képes voltál leszállítani az ezredesnek, mikor tudtad, hogy áruló?

– Nem szállítottam le. Csak hagytam, hogy a terv megvalósuljon.

Felkaptam a földről Scott Glockját és villámgyorsan tűzkészre húzva Robertre szegeztem.

– Miattad vagyok itt? – kérdeztem tőle zaklatottan. – Voltál olyan aljas, hogy odaadj ennek a...

Abban a pillanatban Heyle mocorogni kezdett. Automatikusan felé fordultam, így közelebb kerültem Roberthez, aki végül a fejemhez nyomta a pisztolya csövét és Scott felé fordított. Pontosan úgy, hogy szembenézzünk egymással.

– Dobd a földre azt a pisztolyt, Em! Miatta vagy itt, és Scott hibájából mindketten meg fogtok halni. A kérdés csak az, ki lesz az első.

Lassú mozdulatokkal leraktam a földre a Glockot, de előtte kibiztosítottam, hogy ne tudjon elsülni.

– Hogy aljasodhattál le ennyire? – kérdezte Scott most már tényleg idegesen. – Ha szereted Emiliát és jelentett neked valamit a barátság, amit az elmúlt időszakban felépítettünk egymással, akkor hagyod elmenni. Rendezzük le egymás közt, de a lányt hagyjátok ki ebből. Velem van bajod igazából, nem vele.

Egyenesen a szemembe nézett; láttam, hogy most is csak az érdekli, hogy én megússzam. Ez pedig csak azt jelentette számomra, hogy el fogom veszíteni.

– Fogja erősen azt a vadmacskát, közlegény! – köpte az ezredes, miközben bizonytalanul feltápászkodott a földről, és láttam a kezében egy bicskát is, amivel Scott-tot tartotta sakkban.

– El ne engedje. Még nem végeztem.

– Sajnálom, ezredes, de megvolt az esélye. Most én jövök.

– Emilia – a félelem elszorította a torkomat, de figyeltem Scott arcát, alig értettem meg, mit mond – nem egy tárgy, hogy marakodjunk rajta. Ha csak egy kicsit is fontos neked, Robert, akkor elengeded. Itt vagyok helyette.

– Kérlek, Rob! – suttogtam rekedten. – Csak azt engedjék, hogy elbúcsúzzak. Kérlek!

A pisztoly csövét még mindig éreztem a tarkómon, de lejjebb csúszott.

– Ha megadom, amit kérsz, elfelejted és hagyod, hogy boldoggá tegyelek?

– Igen, csak hagyd, hogy búcsút vegyünk, adj nekem egy kis időt. Utána megkapod, amit szeretnél.

A pisztolycső hirtelen eltűnt a fejemről, és a karomat sem szorította már.

– Sajnálom, ezredes, Emilia tabu, de cserébe elintézheti a hadnagyot, ha visszajöttünk. Most pedig van egy kis lázadás, amit el kéne folytani.

Hozzám fordult, de én csak Scott-tot figyeltem.

– Kapsz időt, de be lesztek zárva, és ha visszajöttünk, velem jössz. Búcsúzz el a szerelmedtől, Emilia, hogy átadhassa másnak a helyet.

Pillantásom végigsiklott Heyle arcán. Láttam, hogy nem elégedett, de azért eltette a bicskát, és végül mindketten eltűntek a bejárati ajtóban egy hatalmas csapódás kíséretében.

XVII. fejezet

Amint kattant a zár, azonnal odamentem hozzá és újra átöleltük egymást, de nem is tarthatott sokáig, mert eltolt magától és a fejemet a kezei közé vette.

– Soha semmi más nem számított, csak veled akartam lenni. Boston is csak addig volt nyugalmas, míg megismertelek. Azelőtt nem is tudtam, mekkora csődtömeg vagyok, amíg meg nem jelentél a reptéren. Arra meg végképp nem számítottam, hogy viszonozni fogod. Tényleg próbáltam lemondani rólad, de most már nem tudok. Csak azt kérem, hogy mássz ki az ablakon, ha ki kell törnöm, akkor is, és menekülj el innen. Ayse majd vigyáz rád, elrejt és biztonságban tudlak.

– Nem mondok le rólad, és nem fogok menekülni – vágtam a szavába, miközben kirántottam a fejem a kezéből. – Úgyis hadbíróság elé állítanak a felettesem bántalmazásáért, és ha nem láthatlak többet, akkor nincs is értelme menekülnöm.

– Azt mondod, nem mondasz le rólam, pedig az előbb még búcsúzni akartál. Ezért nekem kell. Bármikor visszajöhetnek. Teljesítetted, amit kértem, úgyhogy...

A háta mögött lévő ablakhoz lépett. Felkapva a Glockot a földről egyenesen az üvegnek esett, és a tussal be is zúzta. Addig dolgozott az üvegen, míg el nem érte a kallantyúját, amivel ki tudta nyitni a táblát. Tudtam, mi jön most: erővel fog ellökni magától.

– ...kimászol, és amilyen gyorsan csak tudsz, futsz a kapuig.

A kezembe akart nyomni egy kilépőkártyát, de én nem akartam elfogadni.

– Már régen haza kellett volna menned. Kiállíttattam a számodra, még mielőtt elindultam volna a küldetésre. Az összes elmaradt eltávodat otthon töltheted, és soha többet nem kell ide visszajönnöd – fordult újra felém.

– Ne, ezt ne, kérlek, Scott. Nélküled nem. Nem akarom, veled akarok maradni!

Megint elöntötték a szememet a könnyek.

– Nem maradhatsz velem, sajnálom. Az eddig eltöltött idő ajándék volt, és nekem az utolsó pillanatig te leszel az egyetlen nő az életemben. Éppen ezért viszonoznom kell valahogy, amit értem tettél, akkor is, ha te nem akarod.

– Miért csinálod ezt? Csak egy okot mondj!

Rekedt volt a hangom a sírástól, de amint a szemébe néztem, tudtam, hogy már eldöntötte.

– Egyszer már elvesztettem, akit szerettem, Emilia – kezdett magyarázatba feldúltan. – Elvették tőlem, ahogy az ezredes és Robert elvesz majd téged is, amint visszajönnek. Azt a fájdalmat először kibírtam, túltettem magam rajta, de még egyszer nem fog menni. Már most újra érzem, de inkább legyél tőlem távol és soha ne találkozzunk többet, mint hogy elveszítselek.

– Az én döntésem volt, én rángattalak ebbe bele, én viselem a következményeket! – kiáltam vele, pedig nem az volt a cél.

– Nem rángattál bele; szeretlek, mióta csak azon az átkozott buszon leültem melléd! – Kiborult, és már ő sem bírta higgadtan kezelni. Megértettem, de nem érdekelt. El akartam érni, hogy maradhassak.

– Kismilliószor rám hoztad a frászt az iskolában, de a Mindenhatót hiába kértem, nem hallgatott meg. Számtalanszor könyörögtem neki, hogy könnyítsen a terhen, hogy csak ne itt találkozzunk újra, és mégis. Életben maradtam, és te mentettél meg, kockáztatva mindazt, amiért eddig éltem.

Hirtelen üres lettem. Ugyanazt éreztem Scott iránt, amit ő irántam, de neki fontosabb voltam mindennél. A közös jövőnknél és minden másnál.

– Komolyan gondoltad a vidám és mosolygós lányt, a nyugodt életet? A normális jövőt?

– Az, bármennyire is vágyom rá, nem valósulhat meg soha. Robert gondoskodott róla.

– Akkor a vidám és mosolygós lány is meghal veled – suttogtam neki. – Szerelmes lettem beléd, Ali halála után már nem bírnám

120

elviselni az életet nélküled. Soha senki iránt nem éreztem ilyen erős vonzalmat, pedig voltam már szerelmes. Ha ez nem elég arra, hogy veled maradhassak, akkor semmi. Értsd meg, hogy nem akarok megmenekülni, ha te...

Egy mozdulat volt az egész. Szinte már durván kapaszkodott belém, miközben a csókja gyengéd volt. Átfutott az agyamon, hogy ezzel búcsúzik el tőlem, mert már kifogyott az érvekből, csak a Glockról feledkeztem meg. Az nem koppant a padlón, hanem Scott szorosan tartotta a kezében.

– Nem nézem tétlenül, hogy csak úgy elvisz – suttogta nekem rekedt hangon. – Ha az ezredes végül le is lő, akkor sem. Tudom, már a sivatagban megmondtad, hogy többet ér az életem annál, semhogy magam dobjam el, de nem hagytál nekem más választást. Robert el fog vinni, a szemem láttára fogsz kisétálni innen, aminek a gondolatát is gyűlölöm. Könyörögve kérlek, mássz ki az ablakon és fuss. Ebből már nincs kiút, csak egyikünknek. Nem számít, hogyan, de életben kell, hogy tudjalak, akkor is, ha soha többé nem tarthatlak a karomban. Gondolj rám, és ott leszek veled az álmaidban, a gondolataid között.

Csak ráztam a fejemet erősen, gondolni sem akartam rá, és ezt láthatta a szememből. Hirtelen nem számítottam rá, hogy a karjába kap és az ablakhoz visz. Csak mikor már a homokban gurultam lefelé a dombról, tudatosodott, hogy kilökött az ablakon.

Nem sokáig gurultam. Talán csak néhány perc volt, míg az aljába nem értem, de amint megálltam, fel is ugrottam és másztam vissza. Hallottam, hogy a tábor másik végében a többiek kiabálnak. Tényleg táborlázadás lett belőle, hogy kiderült Heyle aljassága, ám abban a pillanatban eszembe jutott, hogy Scott még mindig fogoly az ezredes szállásán, és nem fog menekülni. Ahogy felértem a dombra, megértettem, hogy a háznak magasan vannak az ablakai, kívülről nem lehet bemászni – körbe kellett mennem. A fal mellett lapulva közelítettem a bejárathoz, ami mire odaértem, már nyitva volt, és résnyire nyitva is hagyták. Kifújtam a tüdőmből a levegőt, és csak azután löktem be az ajtót. Lassan és halkan lépkedtem át az előtéren, és megbújtam a szoba ajtaja mellett. Bentről már hallottam is Robert dühös hangját:

– Megegyeztünk! Lemondasz róla, és cserébe én vigyázok rá!

– Sajnálom, barátom, de Emilia nem mondott le rólam. Ha erővel viszed el, akkor sem. Úgy igazságos, ha én lemondok róla, te is. Csak tiszteletben tartottam a döntését. Ismerheted Emiliát annyira, hogy az első pillanatban, amikor lehetősége van, menekülni fog.

Hallottam, hogy valami kattant, és kilestem az ajtórésen. Akkor láttam csak, hogy Rob lefegyverezte Scott-tot, és a Glockot fogja az általam annyira szeretett férfira. Jeges rémület fogott el, de még nem mertem előbújni a rejtekhelyemről.

– Boldoggá tudnám tenni, ezt te is tudod.

– Csak azt tudom, hogy megegyeztünk valamiben, de te elárultál, így a megállapodás semmis.

– Meg kellett volna halnod a robbanásban, erre Emilia kihúzott. Megmentett, amit értem talán sosem tesz meg, csak ha elérem. Küzdöttem érte.

– És elbuktál, pedig még félre is álltam. Eltemettem az érzést, felkészültem rá, hogy te teszed majd boldoggá. Elfogadtam, de ő velem akart maradni.

– Megszöktetted.

– Szeretem Emiliát, tudtad, mióta elindultunk Bostonból, és megadtam az esélyt, hogy meghódítsd. Ki kellett volna használni, mikor volt rá lehetőséged. Arról már nem tehetek, hogy viszontszeret, és félre ne értsd, ha most lelősz, azt soha nem bocsátja meg neked.

– Tudod, Andrews, nem érdekel, hogy megbocsátja-e, vagy hogy szeret-e. Csak az érdekel, hogy az enyém legyen.

Ez volt nekem az utolsó csepp. A bakancsomban lévő késért nyúltam, és csak úgy löktem be az ajtót. Dühös voltam Robertre, és nagyon féltettem Scott-tot. Így aztán a küszöbről elhajítottam, a kés Robert vállába fúródott, én pedig azonnal szaladtam a páromhoz, csakhogy mielőtt a karjába zárhatott volna, a Glock elsült. Először észre sem vettem a fájdalmat a hátamban, mert a fülem tele lett Scott fájdalommal teli hangjával. Kiabált, pedig már nem volt rá oka, hiszen ott voltam a karjában. Aztán az agyamnak tudomást kellett vennie a fájdalomról, és olyan intenzív volt, hogy a lábam sem bírt el tőle. Scott óvatosan az ölébe fektetett, és egyik kezét a hátamon lévő sebre szorította. Rájöttem, hogy az érkező társaknak kiabál, hogy hozzanak egy orvost, közben Robertet is ártalmatlanították. Mivel nem nézett rám, hát felnyúltam és megsimítottam az arcát, hogy rám nézzen. Már nem érdekelt semmi más, csak meg akartam nyugtatni, hogy minden rendben lesz és nem kell félnie.

– Scott... nézz rám! Kérlek...

– Hol a fenében van már az az orvos, elvérzik! – A hangja kétségbeesett volt, én pedig nem tudtam, hogyan enyhítsek a félelmén.

– Scott...

Végre rám nézett. A szeméből a félelem és rettegés könnyei csorogtak.

– Tarts még ki, mindjárt hoznak segítséget. Ne aludj el, csak maradj ébren!

– Te... félsz.

A kezével letörölte a könnyeket, hogy ne lássam, de elkésett vele.

– Dehogy is. Minden rendben lesz.

– Remélem, mondták már... hogy pocsékul hazudsz.

– Eddig még nem, de majd észben tartom.

Szabad kezével folyamatosan az arcomat simogatta, és akkor éreztem újra azt a boldog nyugalmat, ami a közelében mindig eltöltött.

– Szerintem ezek után... ha túlélem... ha nem... akkor is le kéne szerelned. Kezdj... új életet... otthon.

– Új életet? Gondolod, menne az nekem nélküled?

– Biztos... vagyok... benne.

Iszonyú nagyot nyelt, mielőtt válaszolt volna.

– Egyszer már újrakezdtem. Nagy nehezen sikerült, de te más vagy. Nem vagyok biztos benne, hogy sikerül. Annyira szeretlek, hogy képtelen lennék mást a szívembe engedni. De azt megígérem, hogy beadom a leszerelési kérelmet. Akármi is lesz veled.

– Ígéred?

– Igen megígérem.

– Ha leszereltél... találd meg... a boldogságod.

– Azt már megtaláltam, benned. Te vagy a boldogság, Emilia.

– Akkor is... legyél nagyon boldog. Van nálam... ezerszer jobb.

– Tudod, hogy nem kell nekem senki más rajtad kívül.

– Most érzem... nagyon fáj és lecsukódik... a szemem.

– Tudom, de szépen kérlek, ne aludj el. Gondolnod kell azokra, akik szeretnek, a családodra, Ayséra és a lányokra. Ők számítanak rád, Emilia. Nem számít most semmi más, még az sem, én mit akarok. Nem alhatsz el.

– Kezdek fázni... és nem bírom... nyitva tartani... a szememet.

Tényleg ólomsúlyú volt mindkét szemhéjam. Próbált beszéltetni, de már nem voltam képes használni az agyamat. Megéreztem egy hideg és érdes kezet is a hátamon, aztán oldalra fordítottak és olyan fájdalom hasított belém, hogy elsötétült a világ. Az utolsó gondolatom Scott arca volt, mielőtt elnyelt volna a sötétség...

XVIII. fejezet

(Scott)

Emilia elájult a karom között a fájdalomtól, amint az orvos megérkezett és meg kellett mozdítani. A doktornak látnia kellett a sebet, ehhez pedig az oldalára kellett fordítani. Próbáltam megőrizni a hidegvéremet, de az, hogy elveszíthetem, egyszerűen kikészített. Tim és Brian még időben érkeztek az orvossal, aki utasította őket, hogy hozzanak egy hordágyat, majd amint az előkerült, ki is vitték Emiliát a szobából. Csak akkor fordultam a földön fekvő, sebesült Roberthez:

– Legyen világos, áruló, hogy soha többé nem láthatod a napvilágot, ha rajtam múlik. Egész további szánalmas életedben a Pentagon jól őrzött börtönében fogsz rostokolni. Ha pedig Emilia valami csoda folytán túléli, hogy lelőtted, ő maga fog ellened vallani azon a tárgyaláson. Hogy is mondtad? Most te jössz? Valóban eljött a te időd, de soha ebben az életben nem kerülhetsz közel egyetlen nőhöz sem.

Mikor megérkeztek a fiúk, hoztak magukkal segítséget, így Robert nem tudott elmenekülni. Elfordultam tőle, többet nem is érdekelt, csak Emiliára tudtam gondolni. – Hogy tudtatok ilyen gyorsan jönni?

– Heyle-t bezártuk az irodájába, ketten őrzik az ajtót és tűzparancsuk van, ha szökni próbál. Azt hittük, meghaltál, barátom. Emilia mesélte, hogy...

– Én kértem tőle. Heyle el akart tetetni láb alól, immár másodjára, és Emiliával akarta megcsináltatni. Utasította. Em pedig képtelen volt rá. Megegyeztünk, hogy átveri Heyle-t, én pedig életben maradok és vigyázok Ali családjára, míg ő itt a saját oldalára állít titeket.

Tim mindkét kezét a vállamra tette, és láttam az arcán, hogy alig hisz a fülének:

– De mégis miért?

– Emiliáért. Az ezredes néhány órája még meg akarta becsteleníteni.

– Azt is alig hiszem el, hogy élsz, hát még amit mondtál. Bár megvallom őszintén, hogy szinte felismerhetetlen vagy ebben a maskarában, hadnagy. Örülök, hogy látlak. – A nadrágja zsebéből előkotort két borítékot, és a kezembe nyomta. – Az egyik egy leszerelési kérelem, kitöltve, aláírva, a másikat nem tudom, csak a neved van rajta, de Emilia szállásán találtuk, egy doboz titkos rekeszében. Em kérte, hogy ha vele bármi történik, kézbesítsük őket a családjának, de a tiédről nem rendelkezett. Azt csak most találtuk meg.

– Köszönöm, barátom.

– Nincs mit.

– Tudjátok véletlenül, hogy jutok el hozzá a kórházba, vagy hol van most? – kérdeztem kétségbeesve. A borítékokat szinte szorítottam a kezemben.

– Teheránba szállították egy géppel, a doktor úr így rendelkezett, mert a sérülése súlyos, de egy másik gép is tart oda. A leszereléssel engedélyed van felszállni rá. Ha lesz időd, javaslom, hogy keresd meg Teheránban a főhadiszállást, és fogadtasd el, hogy tényleg leszereljenek.

Csak ekkor jutott eszembe, hogy Ayse és a lányok még mindig a barlangban vannak, ahol hagytam őket, mielőtt a dombhoz indultam.

– Nem mehetek Teheránba. Néhányan a helyi lakosok közül elbújtak a tálibok elől a hegyi ösvény barlangjaiban. Felelek értük. Megígértem Emiliának.

– Emnek most nagyobb szüksége van rád, mint nekik. A civileket bízd ide, haver – mondta nekem Brian is, aki eddig hallgatott. – Majd mi gondoskodunk róluk. Menj!

A levelek tetejébe, mielőtt kiléptem volna a házból, egy zsákot is hozzám vágtak, bár ólomsúlyúnak éreztem a lábamat és nehezen mozdultam meg.

– Indulj már, mert még a végén lekésed a gépet. Emilia nem biztos, hogy megvár. Nincs időd téblábolásra. Menj és mondd el neki, hogy érzel iránta, mielőtt késő lesz.

Rájuk bámultam, ködös agyam próbáltam irányításra bírni, de csak nagyon nehezen fogta fel a dolgokat.

– Roberttel mi lesz? – fordultam még vissza az ajtóból, mire gyakorlatilag mindkét barátom lökött rajtam, hogy menjek már.

– Majd elintézzük, te csak Emilia miatt aggódj!

Már tényleg kiléptem az ajtón. A zsákot a vállamra vettem, és a dombról már láttam is a gépet. Futólépésben indultam el, és még idejében elértem. A gép parancsnoka már indulni akart, mikor megpillantott, így aztán megvárta, míg odaérek. Először azt hihette a derengő fényben, hogy tálib vagyok, de mikor feltettem a kezemet és közelebb jött, feltűnt neki, hogy téved.

– Nyugodjon meg, uram, nem vagyok ellenség. Szeretném, ha elvinnének Teheránig.

– Teheránba tartunk, ez igaz, de nem szállítok potyautast. – A hangja szigorú volt, ezért gyorsan odanyújtottam neki a hivatalos levelet. Kikapta a kezemből, és feltépte. Gyorsan olvashatott, mert még a végére sem ért és már intett is, hogy menjek. Én nem törődtem vele többet. Csak feljussak és elvigyenek, ez volt a lényeg.

– Kösse be magát, hadnagy! Az eleje rázós lesz – mondta még nekem, mikor leültem a csomagtérben az egyetlen üres ülésre. Becsatoltam a biztonsági övet, és hátradőlve az ülés támlájának döntöttem a fejemet. Csukott szemmel próbáltam magamban összeszedni, mi is történt az elmúlt néhány órában. Ayse szinte könyörgött nekem, hogy menjek, keressem meg Emiliát, és juttassam haza. Tudtam, hogy nem szível, de megegyeztünk, hogy bejutok és kiszabadítom. Az, hogy Heyle megpróbálta megerőszakolni, Robert pedig elárulta a katonai esküjét, hogy megkapja a végén az áhított nőt, még most is pokoli dühössé tett. Az meg, hogy Em kikönyörgött egy búcsút, ami után végül Rob lelőtte, és hogy azt a golyót valójában nekem szánták, elszorította a szívemet. Szerettem őt annyira, hogy lemondjak róla, annak ellenére, hogy tudtam, azt sosem heverem ki, és meg is tettem volna, csak Emilia úgy döntött, ezt nem fogadja el. A félelem pedig még mindig öklömnyire zsugorította a gyomromat, hogy esetleg nem ébred fel a kórházban, vagy valami baj lesz vele. Egy dologban azonban teljesen biztos voltam: ugyan lemondtam a vele leélt boldog életről, de most már nem érdekelt, mit mondtam neki korábban; szükségem volt egy boldog, kiegyensúlyozott életre. Le fogok szerelni, és Emilia az új esély a boldog jövőre. Csak élje ezt az egészet túl, és kapjam vissza egészségesen. Más nem számít...

Azt hiszem, elaludtam, mert arra riadtam, hogy rázkódik a gép és bedugult a fülem. Kába és homályos pillantást vetettem az ablakra. Odakint már sütött a nap és látványosan ereszkedtünk, majd néhány percen belül tényleg landoltunk is Teherán repterén. A kapitány sebtében letessékelt a gépről, bár megvallom őszintén, akkor már nem érdekelt, hogy illegálisan utaztam egy teherszállító gépen, és a pilótát ezért meg is büntethetik. Csak az tudott érdekelni, hogy hol van Emilia, és mi van vele. Szerencsémre már vártak rám a terminál kilépési oldalán. Az orvos még erről is gondoskodott, pedig nem is ismert. Egy orvossegéd várakozott egyik lábáról a másikra állva, és látszólag nagyon sietett. Odasétáltam mellé, és megálltam előtte. Sovány kölyök volt, csak medikus lehetett, még az egyetemi diplomája sem volt meg ránézésre. Továbbá egyértelműen iráni volt.

– Jó reggelt! – köszöntött tört angolsággal, de én azonnal arabra váltottam.

– Önnek is. Gondolom, rám vár.

– Ha magát hívják Scott Andrewsnak, akkor igen. Az egyetemi kórházból küldtek. A nő miatt, aki hajnalban érkezett lőtt sebbel.

Élesen vettem a levegőt, mert egy pillanatig nem tudtam kontroll alatt tartani a félelmemet.

– Mi van vele? – kérdeztem, mire a medikus idegen elindult a kijárat felé, és én követtem őt a zsákkal a hátamon. Csak mikor már a napsütésben indultunk el az utcán sebes léptekkel, akkor kaptam a választ:

– Attól tartok, hogy ezt nem tisztem közölni önnel. Ha odaértünk a kórházba, majd a főorvos úr elmondja.

Ezzel nem tudtam vitatkozni, így aztán csak haladtunk a központ felé, az egyetemi kórházhoz. Gyalog, mert nem is volt annyira messze. Csak néhány utcasarok. Amint odaértünk, a betegfelvételen megérdeklődte nekem a kísérőm, hogy merre van a főorvos, és el is kísért az irodájáig. Csak az ajtóban köszönt el és kívánt nekem szerencsét, amiben nem is nagyon bíztam, pedig kellett volna, már csak Emilia miatt is. Amikor eltűnt a folyosón, egy hatalmas sóhaj kíséretében bekopogtam, és a titkárnő azonnal ajtót is nyitott.

– Jó napot! A főorvos úrhoz jöttem az amerikai katona miatt, akit ma hajnalban hoztak be. Azt mondták nekem, hogy a főorvos úr tud nekem tájékoztatást adni az állapotáról.

– A főorvos úr még a műtőben van a beteggel. Elkísérem odáig, de előbb meg kell kérdeznem önt, hogy hozzátartozó-e, mert máskülönben nem adhatunk ki információt a betegről.

Erre nem számítottam. Az agyam lázasan próbált valami hazugságfélét előkotorni, és pár másodperc hallgatás után végül kiszáradt szájjal kinyögtem:

– Ha azt mondom önnek, hogy a beteg a menyasszonyom lesz rövid időn belül, kiadják az információt? Hadd ne kelljen bizonygatnom hét egész óra repülés után, egyenesen az afgán frontról, milyen kapcsolatban állok a beteggel. Kérem!

A hölgy egyenesen a szemembe nézett, majd elindult a folyosón, miután bezárta az iroda ajtaját.

– Jöjjön, fiatalember. A műtők előtt van egy váró. Ott megvárhatja a főorvos urat, de ne fűzzön hozzá túl sok reményt. A doktor úr mindent megtesz.

– Köszönöm.

Mikor odaértünk, otthagyott engem a váróban egy szó nélkül. Senki nem volt ott rajtam kívül, így kiszedtem egy adag váltóruhát, és a mosdóban átöltöztem. Aztán leültem a zsákom mellé, és vártam. Emilia levele jutott az eszembe, talán egy órával később. A zsák tetejére tettem, de nem mertem kibontani, mégis a kezembe vettem. Emilia gondosan, szép női kézírásával írta rá a nevem a borítékra. Eszembe jutott, hogy akkor kéne felbontani, ha az orvos végül nem tudja megmenteni, de erre gondolni sem akartam, mert fogalmam sem volt, mit fogok csinálni, ha nem kaphatom vissza őt. Hinnem kellett, hogy egészséges lesz. Ugyanakkor meg tudni szerettem volna, hogy mit gondolt rólam, mikor ezt a levelet írta. Végül a kíváncsiság győzött, és felbontottam a levelet. Nem a megszokott levélforma, inkább csak Emilia papírra vetett gondolatai voltak:

„Hogy mit gondolok Scott Andrewsról, azt a legnehezebb papírra vetnem. Az akadémián tartottam tőle, féltem. Sosem kaptam tőle egy jó szót sem, de rá kellett jönnöm, hogy nem is olyan durva és kemény, mint azt az akadémián tapasztaltam. A kemény katona álarca alatt valójában egy józan és kedves ember lapul, aki bármit megtenne, hogy azokat, akik rá vannak bízva, megmentse. Igaz az is, hogy régóta nem találkoztunk és az itteni élet megváltoztatja az embereket, de mélyen magamban érzem, hogy ez a tény talán rá nem vonatkozott. Kimenteni őt abból a teherautóból, huh. Nehéz volt, és csak az érdekelt, hogy megússza élve. Azóta rájöttem, talán nem az élete megmentése volt a célom, hanem, hogy megmentsem magamnak. Kár volna tagadni, hogy amint megláttam ott feküdni sebesülten, megszerettem; jobban, mint eddig bárkit a világon, és nem érdekel, ha nem viszonozza. Akkor az érzés megmarad nekem. Jó tudni, hogy legalább nem hagytam meghalni, már tettem érte valamit, még ha ő nem is tett értem semmit. Nekem az is elég, hogy itt van a közelemben és meggyógyult. A továbbiakban pedig mindent megteszek majd, hogy megvédjem. Összevonták az egységünket, így az én felelősségem is lesz, hogy hazajusson.

Talán csak össze akarom szedni a gondolataimat vele kapcsolatban, vagy csak magam próbálom győzködni arról, hogy egyszer meglátogat, míg itt vagyok. Pedig tudom, hogy amit érzek iránta, sosem talál viszonzásra, ami fáj, de talán így a legjobb. Megspórolom neki a fájdalmat, amit a másik elvesztése okoz; legalább ő ne szenvedjen, mert nekem fájni fog, ha nem is tudja. Talán ha nem itt lennék és más közegben ismertem volna meg, lenne esély viszonzásra, de itt le kell mondanom erről a kiváltságról. Tudom, ha velem bármi történik, akkor ezt ő is ugyanúgy megkapja, mint a családom tagjai, mégis jó tudni, hogy elolvassa majd. Szeretném, ha tudná, hogy örülök, amiért megismertem, és tudom, hogy nem olyan kegyetlen, mint amilyennek mutatja magát. Kívánom neki, hogy legyen a háború után nyugodt és boldog élete és találja meg a boldogságot, aki mellett nyugalomra lelhet a háború borzalmai elől.”

Meg kellett állnom az olvasásban, mert mélyen meghatottak a gondolatai. Eszembe jutott, hogy a magánzárkában töltött a hibámból egy hónapot, és én voltam annyira kegyetlen, hogy meg sem látogattam, pedig amikor én voltam a gyengélkedőben, akkor Emilia meglátogatott. Az igazat megvallva, már akkor tudtam, hogy távol kell tőle tartanom magam. Ehhez képest most megint bajban van, talán nagyobban, mint eddig bármikor, és igen, én vagyok a hibás. Csakhogy már tudja, hogy viszonzom az érzéseit, s azt is, hogy amikor ezt a levelet írta, már akkor is szerettem.

Merengésemből a műtő folyosóajtajának nyikorgása zökkentett ki, így a levelet nem tudtam teljesen végigolvasni. Félretettem mindkettőt a zsákba, és csak akkor vettem észre, hogy Emilia fekszik az ágyon, amit kitoltak. Békésen aludt, mint akivel nincs is semmi baj, csak szegénykém alig látszott ki a csövek közül. Az ápolók eltolták mellettem, mögöttük pedig nem sokkal megjelent egy vékony, barna bőrű, magas úriember műtősruhában. Ácsorogtam egyik lábamról a másikra, mint valami félszeg kisgyerek, a szívem a torkomban vert. Olyan erősen szorította össze a torkom, hogy megszólalni is képtelen lettem volna, de szerencsére az úriember megállt előttem.

– Abbas Esmat vagyok, ennek a kórháznak a főorvosa – mondta nekem halk, komoly, mégis tökéletes angolsággal, amivel meglepett. – A testvérem kifejezett kérése volt, hogy műtsék meg a hölgyet. Ő odaát, a maguk afgán táborában dolgozik. Emir minden információt átadott Zajac kisasszonyról, és kérte, hogy tegyek meg a hölgyért mindent. Arra is megkért, hogy ha ön megérkezik, Andrews hadnagy, adjak tájékoztatást.

– Honnan tudja a fokozatomat és a nevemet?

Kérdésem enyhe mosolyt csal az arcára.

– Az öcsém mentette meg magát. Neki köszönheti az egészséges vállát. Velem konzultált, mielőtt megműtötte volna. Mesélte, hogy azzal a teherautóval kellett volna tartania neki is, ami felrobbant magukkal, ám maga lebeszélte, és utasította, hogy maradjon a betegek mellett. Nem csak a társait mentette meg az ott tartózkodása alatt, hanem az öcsém életét is a tűzhaláltól.

Már el is felejtettem, hogy vitatkoztam azzal a köpcös, kopasz doktorral, aki a sebesültek végett velünk akart jönni, de végül meggyőztem, hogy a szakértelmére a táborban van szükség. A padlót kezdtem fixírozni, mert már nagyon zavart, hogy hálálkodnak nekem, és tudni akartam, mi van Emíliával.

– Ezért örökké hálás leszek magának, hadnagy úr.

– Kérem, hagyja ezt, azt mondja, milyen állapotban van a kisasszony?

Láthatta rajtam, hogy már nem bírom a bizonytalanságot, így a vállamra helyezte az egyik kezét.

– A műtét sikere felülmúlta a várakozásokat. Kivettük a golyót, viszont hosszú lábadozás elé nézünk, és lehet, hogy újra meg kell műteni, mert az egyik csigolyát súrolta a lövedék. Viszont a beteg sok vért vesztett és azt is pótolni kellett, ami nem könnyítette meg a helyzetet. Most alszik, és egyelőre nem is fog felébredni, de megmutatom az intenzív osztályt, és ha kicsit jobb lesz az állapota, be is mehet hozzá.

Hirtelen nagyon rossz gondolat fészkelte magát az agyamba, és mielőtt ráharaphattam volna a nyelvemre, már ki is bukott belőlem egy kérdés formájában:

– Mondja meg az igazat, doktor úr, kérem! Emilia le fog bénulni, igaz?

Ő csak sóhajtott egy nagyot, és erősen megszorította a vállamat.

– Tudom, maguk, katonák, nem nagyon hisznek egy olyan isteni lényben, mint a Mindenható, de a mi kultúránk úgy tartja, hogy minden a Fentiek kezében van. Én mindent megteszek a kollégáimmal együtt, hogy rendbe jöjjön, de ehhez a kisasszonynak is akarnia kell. Mint mondtam, a helyzete nem könnyű, de nem is dőlt el. Arra kérném, hogy legyen optimista, hadnagy. A betegnek most szüksége lesz magára. Ha eddig nem tartották úgy a kapcsolatot, legalább most támogassa, míg hazajut a családjához.

– Legyen velem őszinte... nem válaszolt a kérdésre.

– Úgy gondolom, örüljünk annak, hogy nem halt bele a vérveszteségbe. Ez az első lépése a folyamatnak. Ha pedig a Mindenható odafent úgy dönt, hogy a hölgy nem állhat a lábára többet, akkor ezt minél jobban meg kell neki könnyíteni. Nem dől tőle össze a világ, vannak módszerek, amikkel újra lehet kezdeni, de Emilia még nem adta fel. Kérem, bízzon benne és legyen a támasza. Most pedig jöjjön, megmutatom, az intenzív osztályon hol találja. Aztán ideiglenesen az egyik szobát is megkapja. Pihenjen, és kérem, ne aggódjon. Azzal csak magának árt, és ez a helyzet olyan hadviselést kíván, ahol nagyobb szükség van önre, mint azt gondolná.

Jólesett, hogy gondoskodni akar rólam, bár nem tudtam eldönteni, hogy a kedvességét csak a testvére miatt pazarolja rám, vagy tényleg ilyen alaptermészetű ember. Furcsa volt ezeket a dolgokat egy közel-keleti ember szájából hallani, aki akár ellenség is lehetne. Meg el is szoktam tőle. Túl rég voltam már itt ahhoz, hogy emlékezzek rá, mi az az emberség.

Először a szobát mutatta meg, majd miután lepakoltam a holmimat, elkalauzolt Emilia szobájához. Nem mehettem be, de egy üvegen keresztül figyelhettem őt. A főorvos ezután búcsút vett tőlem, és magamra hagyott a gondolataimmal. Emilia látszólag – és persze ténylegesen is – aludt, de azt kívántam, bár nyitná ki a szemét és nézne rám. Az üvegen keresztül is olyan törékenynek tűnt, mint az akadémián a gyakorlatok alatt. Nem véletlenül kereszteltem magamban kismadárnak, a társai pedig nem véletlenül hívták vércsének. Csak kívülről tűnt elesettnek, belül betonkemény volt, és ezt számtalan esetben bizonyította már nem csak nekem. Néha pedig egyszerűen csak meglepett. Ahogy minden eszközzel igyekezett megmenteni, még ha az életét is veszélyeztette, én mégis úgy éreztem, hogy az áldozatát nem érdemlem meg. Sosem akartam ártani neki, mégis olyan sokszor sodortam veszélybe. Elvesztettük Alit, pedig nekem kellett volna vigyázni rájuk, és igen, csak nagyon távolról figyelni Emiliát, még véletlenül sem közeledni felé, akkor most egészséges volna, nem feküdne csövek között. Féltem, hogy elveszítem. Már az akadémián megtapasztaltam az érzést, mikor a csoporttársai csúnyán elintézték, de a mostani sokkal intenzívebb volt. A gyomromban éreztem a szorítást, amely a torkomat feszítette. Eldöntöttem már az első pillantásra, hogy Emilia lehet az, aki megvált ebből a kegyetlen mókuskerékből. Az egyszerű, természetes bája volt talán az, ami megtetszett, sőt abba szerettem bele, és ahogy megkezdte a tanulmányait a kezem alatt, úgy gabalyodtam bele még jobban. Az utolsó beszélgetésünkkor kellett volna elmondanom neki mindent, mielőtt abba a pokolba alászállok, de nem mertem. Akkor azzal nyugtattam magam, hogy etikátlan lett volna. Aztán ahogy teltek a táborban a napok, Robert, Tim és Brian társaságában egyre többet gondoltam rá, hogy csak ne vezényeljék ki, mert azt nem viselném el. Aztán megkaptam az előléptetést azért az ostoba feladatért. Nem mintha egyébként nem a társaim védelme lett volna korábban is a dolgom. Heyle majdnem megpukkadt a dühtől, de mégiscsak kifundálta azt az ostoba tervet Emiliával. Amikor először hallottam, azt hittem, felrobban a szívem a félelemtől. Meg kellett védenem, ha belepusztulok, akkor is. Már a rákövetkező napon elmentem a parancsnokságra, és egy telefonnal késleltettem az egysége indulását Bostonból. Még e-mail-t is írtam Buttlernek, hogy ne engedje felszállni a gépre Emiliát, de elkéstem vele. Még nem volt itt az egységével, mikor elküldtek minket arra az akcióra, és akkor is Emilia arca volt az utolsó gondolatom, mikor tűz alá került a teherautó.

Újra előszedtem a zsebemből a levelét, és megkerestem a helyet, ahol félbehagytam az olvasást:

„Megfogadtam, hogy nem leszek szerelmes többet, de ha nem volna ez a háborús pokol és Scott nem volna a feljebbvalóm, talán lenne rá esély. Most viszont annak is örülnék, ha a barátomnak tudhatnám. Ha esetleg valami oknál fogva el kell olvasnia ezeket a sorokat, akkor tudja, hogy számomra értékes, és mindent igyekeztem megtenni, míg itt voltam, hogy legalább egy kicsit büszke legyen rám. A többi nem volt lényeges.”

Rá kellett néznem Emiliára. Abban a pillanatban csak még szebbnek láttam, bár alig látszott ki a csövek közül. Tenyeremet az elválasztó üvegnek támasztottam, úgy figyeltem.

– Soha senkire nem voltam annyira büszke, mint rád, Emilia – suttogtam neki, de tudtam, hogy nem hallhatja. Elraktam a levelet, és elindultam a kórházi szoba felé. Betettem magam után az ajtaját, és ahogy eldőltem az ágyon, elnyomott az álom...

Arra ébredtem, hogy egy nővér rázza a vállamat. Homályos tekintetem az övébe kapcsolódott, de rögtön kipattant belőle az álom, amint észrevettem rajta, hogy baj van.

– Mi történt?

– Magának nulla negatív a vércsoportja? Szükségünk van egy önkéntesre. Ha maga tud segíteni, akkor csipkedje magát! A kisasszony élete függ tőle.

– Máris.

Felültem, és gépiesen elindultam kifelé a nővér után. Bevezetett egy másik helyiségbe, és leültetett egy ágyra. Rögtön hozta a tűt, és egy vászoncsíkkal elszorította a karomat. Aztán levette a vért, amennyi kellett. Mindezt úgy, hogy nem szólt hozzám, én pedig kezdtem kétségbeesni Emilia miatt.

– Kérem, mondja, hogy a társammal minden rendben lesz! Mi történt vele?

– Higgye el nekem, hogy egyelőre ennél jobbat nem is tehetett volna érte. Maradjon még itt tizenöt percig, mert szédülés léphet fel. Ha nem érez semmi mellékhatást, mehet. A kisasszonyért mindent megtesznek – azzal magamra hagyott a kétségekkel és a félelemmel, hogy elveszítem életem szerelmét. A doki is megmondta, hogy nem gondolhatok rosszra, de mégis úgy éreztem, Robert és Heyle célt értek. Ha az övék nem lehetett Emilia, akkor ne legyen az enyém sem. Émelygés fogott el a gondolatra, de két jó mély sóhajjal sikerült visszaszorítani. Lassan lekászálódtam az ágyról, és bizonytalan léptekkel, kicsit imbolyogva elindultam vissza az intenzív osztályra. Nehezemre esett a mozgás, de muszáj volt, ha látni akartam Emiliát. Szüksége volt rám. Így aztán mentem, ahogyan tudtam. Kezdtek fájni a végtagjaim a vérveszteség miatt, de azért mentem. Mire odaértem, már egyértelmű volt, hogy nagy a baj. Minden szabad nővér és orvos Emilia kórtermében serénykedett, bár már nem annyira idegesen, mint korábban lehetett. Én azonban annál idegesebb lettem. Megállítottam egy a kórterem felé siető ápolót, és megragadtam a karját:

– Mi történt vele? Kérem, válaszoljon!

– Leállt a szíve, de újraélesztettük. Most sürgősen vérre van szüksége, de ennél többet nem mondhatok. Menjen vissza a szobájába, uram, alig áll a lábán.

– Túlélheti?

– Megvan rá az esély, de ön nagyon sápadt. Pihennie kell, a vérvétel megviseli a szervezetét. Kérem, induljon, és a kisasszonyt bízza ránk.

A félelem elszorította a torkomat, de nem mertem az ápolóval vitatkozni. Elindultam vissza a kiindulási ponthoz, de amint beléptem és betettem magam mögött az ajtót, kiborultam. Úgy éreztem, kicsúszik a talaj a talpam alól, akárcsak korábban. Nadia más nő volt, és az az eset sokkal bonyolultabb volt, mint ez most, mégis ugyanazt éreztem. Mélyen a gyomromba markolt a félelem, és gúzsba kötött. Az kezdett kattogni a fejemben, hogy a sors bedobott egy újabb esélyt, én pedig megint csak elcsesztem. Emilia az én hibámból az életéért küzd, és nem tehetek többet érte, mint hogy véremet adtam neki, hogy egyáltalán túlélhesse. Boston óta védeni akartam, sosem bántottam volna, erre most visszatérően csak veszélybe sodrom. Lerogytam a földre az ajtó mellé. Próbáltam megnyugodni, de a félelem egyszerűen lesokkolt. Nem bírtam a súlyát. Már a hajtépés sem segített, pedig az minden helyzetben jó volt. Ömlöttek a könnyeim. Régen sírtam bármi miatt is, de ez most szinte felszabadított. Jólesett, és jó pár perc eltelt, mire meg tudtam nyugodni. Az elmúlt időszak összes keserűsége és fájdalma kijött, a helyét pedig tökéletes nyugalom vette át. Olyan nyugalmat éreztem, ami szükséges volt a további harchoz Emért...

Sokáig csak a biztonsági üveg mellett állva láthattam. Persze mikor már jobban voltam és sikerült összeszednem magamat, elmentem a támaszpontra és elfogadtattam a leszerelést. A tábornok még érdeklődött is az állapota iránt. Ahogyan azt Emilia megjósolta, engem nem engedett leszerelni, így a papírt Em nevére állította ki. Az volt a magyarázata, hogy kiváló munkát végzek az akadémián és nem akarja másokra bízni a leendő nemzedékek katona-palántáit. Megértettem, de ugyanakkor ágáltam ellene. Úgy tűnt, Emnek igaza lesz abban, hogy a közös életünk nem lehet boldog, ha továbbra is katona maradok. Egyelőre elfogadtam; úgy döntöttem, megbeszélek mindent Emiliával, ha felébred, és közösen megoldunk mindent. Élénken élt bennem, amit búcsúképpen mondott nekem: *„Sosem mondok le rólad, nélküled nincsen értelme semminek."* Számomra nélküle nem volt értelme semminek, így meg kellett várnom, míg felébred az altatásból.

Szépen javult az állapota, egyre kevesebb volt körülötte a cső, és az orvos tájékoztatott róla, hogy ugyan elnézést kér, amiért az aktámat olvasgatva jött rá, hogy jó vérdonor vagyok Emilia számára, amivel megmentettem, de sürgős volt. Amióta a kórházba tettem a lábamat, nem érdekelt az idő, így nem tartottam számon, mióta aludt, csak az érdekelt, hogy egyszer felébred és újra láthatom a szemét, de ezt ki kellett várnom. Egy bizonyos idő után bemehettem hozzá, a biztonsági előírások keretein belül. Elmondtam neki, hogy bár ő nem hallhatja, de ott vagyok vele és nem megyek sehova. Elmeséltem neki, hogy telnek a napok, és mindennap adott időben meglátogatom...

Egy nap, akkor már legalább egy hónapja volt kórházban, az egyik nővér üzenetet küldött nekem, hogy Emilia végre sok nap után kinyitotta a szemét. Akkor már a teheráni támaszponton dolgoztam, mert nem maradhattam sokáig a kórházban. A tábornok kérésére a támaszponton vettem fel a szolgálatot, és a helyettesének nevezett ki. Lojális ember volt: abban a pillanatban, hogy beléptem hozzá engedélyt kérni, már mondta is, hogy menjek. Mentem a kórházba, amilyen gyorsan csak tudtam. A főorvos úr már a kórház bejáratánál várt rám.

– Végre megérkezett, hadnagy. Már nagyon várja magát. Amint tegnap magához tért, önt kereste.

– Milyen az állapota?

– Sokkal jobb, mint amit vártunk. A kisasszony egy igazi harcos. Az eredményei felülmúlják a várakozásainkat. Jöjjön, hiszen már várja magát.

A főorvos nyomában beléptem az épületbe, majd szinte rögtön feltűnt, hogy nem az intenzív osztály emeletére irányít, hanem egy emelettel lejjebb, ahol korábban nekem is szobám volt. Kinyitott nekem egy kórtermet, majd a vállamra téve a kezét nem szólt semmit, csak magamra hagyott.

A szobába besütött a délutáni nap. Átlagos kórterem volt, bár nem volt korszerűen felszerelve, de a célnak megfelelt. A szobát a két kórházi ágy uralta, de csak az egyik volt foglalt. Egy takarógombóc gubbasztott a közepén. Abban a pillanatban, hogy megláttam, oda sétáltam hozzá. Össze volt gömbölyödve, és az oldalán feküdt. A haja sötétbarna foltként terült szét a párnán, és akkor úgy éreztem, a szívem végre megnyugodhat. A megkönnyebbülés, hogy életben maradt és végre láthatom a szeme színét, amit már lassan kezdtem elfelejteni, hullámokban tört rám. Letettem a zsákomat az ágy mellé, és leültem a gazdátlan székre. Nem mertem felébreszteni, hiszen aludt, de azért csak odahajoltam hozzá és megsimítottam a fejét. Az érintésemre mocorogni kezdett, majd felnyitotta a szemét és egyenesen rám nézett. Hatalmasat dobbant a szívem akkor. Volt egy kevés hely az ágya szélén, így leültem mellé, és bár még infúziót kapott –, Emilia mégis feltápászkodott és átöleltük egymást. Nem tudtam, hogy létezik ilyen boldogság addig a pillanatig. Már el is felejtettem, milyen volt őt hetekkel ezelőtt a karomban tartani. A megkönnyebbülés könnyeket csalt a szemembe, mert igazából kezdtem elveszíteni a reményt, hogy még egyszer a karjaim közt tarthatom.

– Hogy kerülsz ide? – kérdezte Emilia fáradt és rekedt hangon. – Azt hittem, ottmaradtál, mert nem engednek el csak úgy.

– Elfelejted, hogy meghaltam. Egyébként meg nem tudtak volna ott tartani, ha bezárnak sem. Jöttem utánad, ahogy tudtam.

Emilia eltolt magától, és csak akkor vettem észre, hogy mennyire beesett az arca. Megviselte a sok küzdelem.

– A nővérek mesélték, hogy vérdonorra volt szükségem. Neked köszönhetem az életemet?

– Azt magadnak köszönheted, és az összes véremet odaadnám, ha ettől életben maradsz.

– Itt vagy... csak nem leszereltek? Kértelek, hogy add le a szolgálatot, ez rémlik.

Éreztem az arcomon a kezét. Nyelnem kellett egyet, mielőtt válaszolok.

– Megírták a kérelmet, de nem az én nevemre lett kiállítva. Az eseményekre való tekintettel nekem még vissza kell térnem a szolgálatba, de nem az afgán támaszponton, hanem itt, a közeledben. – Láttam az arcán, hogy kétségbeesett, így megfogtam a kezét, ami az arcomon nyugodott. – Nem megyek oda vissza, ne aggódj, sőt, ha akarod, mindennap jövök.

– A közelemben, de nem engedtek el. Akkor aggódhatok miattad, attól, hogy elveszítelek.

– Nem kell aggódnod. Csak a tábornok utasítására mennék terepre, azt pedig ő maga nem engedi. A helyettese vagyok. Nem megyek vissza Afganisztánba, ha kötélen rángat sem. Nem foglak elhagyni.

– Ez a kötelességed, egy parancs, amit teljesítened kell.

A mondatai kiverték a biztosítékot, így muszáj volt elhallgattatnom. Megcsókoltam, mert féltem, hogy észreveszi, igaza van. Próbáltam meggyőzni magam és Emiliát is, hogy többé nem kell majd elválnom tőle, de közben tudtam, hogy igaza van.

– Feküdj vissza, még pihenésre van szükséged – mondtam neki, mikor képes voltam elszakadni tőle.

– Rád van szükségem, semmi másra.

– És én itt is vagyok. Nem megyek sehova, ezt megígérem…

Utószó

(Emília)

Azt hiszem, talán az elején írtam arról, hogy Hollywood csillogása is megérintett. Ez persze kicsit magyarázatra szorul. Először talán azt kéne elmesélnem, hogyan jutottam haza. Scott megígérte még Afganisztánban, hogy többet nem kell majd rettegnem attól, hogy elveszítem. Ő már tudta, milyen érzés, én semmi esetre sem akartam megtudni, de még Teheránban egy délután elmondta. Kétségek gyötörték, és mikor a vérátömlesztésre sor került, akkor érezte azt, hogy végképp semmi reménye arra, hogy újra együtt lehetünk. Ezt fájt hallanom, ahogy azt is rosszulesett tudomásul vennem, hogy míg nekem könyörgött, hogy menjek haza az általa a nevemre kitöltött leszerelési kérelem elbírálása után, addig ő bizonytalan ideig Teheránban marad, mert a szolgálat ott tartja. Megígérte, hogy mindennap hallok felőle, és amikor csak tud, jön haza. Csak azt nem tudhatta, hogy visszatérek Lengyelországba.

Krakkó nem változott a színeivel és a történelmi emlékeivel. Hiába hagytam el sok időre, csak én változtam meg. Már nem is lóghattam volna ki a sorból ennél jobban. Édesanyám már azt hitte, hogy soha többé nem lát, így mikor becsöngettem a kapun és ajtót nyitott, majdnem szívinfarktust kapott. Aztán persze sírva fakadt. Akkor tudtam, hogy el kell neki mondanom, hogy a kislánya, akit mindennél jobban védett és szeretett, már soha többé nem lesz a régi. Az életem egyszerre lett komikus és unalmas, Scott hiánya pedig erre csak rátett egy lapáttal. Nem beszéltem senkinek róla, hogy van nekem, de anya azért sejtett valamit, és igen, szépen-lassan megnyíltam neki. Elmesélgettem neki, mi minden történt velem, mialatt távol voltam – persze Scottot kihagytam belőle, mert tudtam, hogy anya nem támogatja a kapcsolatomat olyannal, aki messzire vinne tőle. Titokban beszéltünk telefonon, és mindig éjszaka keresett. Elmesélte, hogy jól van, sokat dolgozik, és hogy minden nap minden percében hiányzom neki.

Aztán azzal, hogy hazakerültem, munkába kellett állni. Az egyik kerületi zeneiskola kezdett foglalkoztatni hegedűtanárként, és ezek mellett egy hollywoodi zeneszerző és rendező felkért, hogy írjak meg egy aláfestő zenét egy filmhez. Szóval dolgoztunk keményen, én is, Scott is. Meséltem neki a dolgokról; arról, hogy nem sokáig bírom már a félelmet, hogy nem láthatom többet. Sokat főleg álmatlan éjszakáimon gondolkodtam azon, mit csinálhat odaát és mihez is fogok kezdeni nélküle. Csak arra nem gondoltam, hogy egy nap végül tényleg személyesen is találkozhatunk. Igaz az is, hogy anyukám kiszúrta a sok telefonálást, és azonnal ráharapott. El kellett neki mondanom, hogy szerelmes lettem az egyik feljebbvalómba, amiről persze hallani sem akart. Az meg csak hab volt a tortán számára, hogy Scott ízig-vérig amerikai. Na, ettől kiakadt és védekezni kezdett, ami megnyilvánult abban, hogy szobafogságra ítélt. Nem mehettem ki a szobámból, és a kulcs is édesanyám zsebében maradt. Ez alól csak a munkahelyem, illetve az illemhely volt a kivétel. És bár a telefont nem merte elvenni, azért ellenőrizte mindennap, hogy kivel beszélek. Ha pedig kiszagolta, hogy Scott-tal kapcsolatba léptem, akkor balhézott, de minden alkalommal megmondtam neki: nem engedem, hogy tönkretegye a kapcsolatunkat. Ez így ment hónapokig. Az ősz beköszöntével, ahogy hullani kezdtek a falevelek és az időjárás csípősebbre fordult, egy esős napon az utolsó diákom után valaki még bekopogott, mielőtt kiléptem volna a teremből.

– Igen, gyere. Talán itt maradt valami? – kérdeztem hangosan, miközben az ajtón bejött valaki. Én még fel sem néztem a táskám pakolásából.

– Tudtommal nem hagytam itt semmit, mivel most járok itt először.

Megpördültem, és az ajtón éppen belépő Scott Andrews tökéletesen gyönyörű, zöld szemeibe néztem bele. Abban a pillanatban megállt bennem az ütő. A szívem hevesebben kezdett verni, és könnyek lepték el a szememet.

– Bocsánat, hogy zavarom, tanárnő, de szükségem volt egyetlen percre, hogy lássam.

Oda kellett mennem hozzá, magamhoz ölelni, de a lábam a földbe gyökerezett. Képtelen voltam megmozdulni, mert féltem, hogy csak álmodom. Figyeltem, ahogy letette a zsákot az ajtó mellé, becsukta a teremajtót, majd lassan hozzám sétált. Nem szólt többet, csak magához szorított.

– Eljöttél, mi történt? – kérdeztem suttogva a vállába.

– Rettegsz, mióta eljöttél Teheránból, és ez felemésztette az összes energiatartalékomat. Mindennap arra gondoltam, hogy vagy itt Európában, vagy otthon Amerikában, de rettegsz a gondolattól, hogy ajtót kell nyitnod és egyszer nem én állok majd előtted. Hát áthelyeztettem magam Bostonba, az akadémiára. A tábornok úr legnagyobb sajnálatára, de nem érdekelt, mert másra sem vágytam, csak veled lenni.

Amint befejezte a mondatot, eszembe jutott, hogy nem mehetek el vele, anyukám nem egyezne bele, és ettől újra ellepték a szememet a könnyek. Scott eltolt magától, hogy rám nézhessen. Letörölte az arcomról a könnyeket, de közben láttam a szemében a kétségbeesést.

– Mi a baj, miért sírsz, Emilia?

– Édesanyám elzárt. Nem akarja, hogy együtt legyünk. El akar tőled szakítani, mert fél, hogy soha többé nem jövök vissza, ha veled maradok.

– Érted jöttem. Nélküled nem megyek sehova, ha pedig ezért édesanyáddal kell megvívnom, megteszem, csak te állj mellettem.

– Ha elmész hozzá és szépen kéred, sem fogja engedni. Ismerem. Mióta apa nincsen mellette, nem tudjuk kontroll alatt tartani a túlkapásait.

– Azért jöttem érted, mert el akarlak venni.

Hirtelen elapadtak a könnyeim. Scott eltávolodott tőlem és letérdelt elém, miközben egy dobozt húzott elő a zsebéből. Egy csodálatos ezüstgyűrű volt benne, kis zafír kövekkel kiverve.

– Persze ha te is akarod. Ayse írt nekem. Mivel ő a pótanyád, tőle kértem meg a kezedet először, és ő az áldását adta.

– Igen – suttogtam neki rekedten. – Persze, hogy akarom.

Scott hirtelen elvigyorodott, talán még sosem láttam ilyen boldognak. Felállt, miközben az ujjamra húzta a jegygyűrűt.

– Soha az életemben eddig nem voltam még ilyen boldog, mint amilyenné most tettél engem, Emilia.

– Ígéretet tettél nekem, hogy leszerelsz, és ezt be is tartottad. Már én is mosolyogtam a könnyfátyolon keresztül. Úgy éreztem magam, mint egy kismadár, aki kiszabadult abból a kalitkából, amiben addig élt.

– Arra tettem neked ígéretet, hogy soha többé nem kell majd elveszíteni, akit szeretsz – suttogta nekem, miközben az arcomat simogatta. – És bármit megtennék azért, hogy végre boldog és nyugodt életed legyen. Szeretlek, Emilia Zajac. Te jelented minden boldogságomat, mióta csak ismerlek.

– Ahogyan te nekem.

– Hozd a holmidat, menjünk és álljunk édesanyád elé, mivel édesapádtól nem tudlak megkérni.

– Előre tudom, mit fog mondani, de menjünk.

Elindultam az ajtó felé a táskámmal a hátamon, de mielőtt kiléphettem volna, még visszatartott.

– Sose felejtsd el, hogy bármit is fog mondani, akkor is a feleségem leszel és hazaviszlek. Minket a sors egymásnak szánt, és ez ellen nem tehet senki semmit, Emilia.

Bólintottam, hogy megértettem, de a gyomrom öklömnyire zsugorodott, ha arra a viharra gondoltam, amit édesanyám fog kavarni.

Kézen fogva indultunk el, és nem is volt sok idő, míg hazaértünk. Anya is, és meglepetésemre a testvérem is otthon volt a barátnőjével. Amikor beléptünk a lakásba, anya kirobogott a konyhából, de amikor ránézett Scottra, láttam az arcán a tömény undort. Valószínűleg Scott is észrevette, hogy nem lesz túl szép a fogadtatása, de ennek ellenére illendően bemutatkozott anyukámnak és elmondta, hogy miért jött. Anya moderálta magát és megvárta, hogy befejezze a mondandóját, és csak utána borult ki. Közölte a párommal, hogy nem hajlandó odaadni a kezemet neki, és hogy gyakorlatilag menjen vissza oda, ahonnan jött, és hagyjon engem békén. Felőle Scott akár fel is fordulhat, de engem hagyjon ki belőle. A kiabálására végül a bátyám is kidugta az orrát a szobájából. Jan letrappolt a lépcsőn, és megállt zsebre tett kézzel anya és Scott között. A párom felé fordult, és csak ennyit kérdezett:

– Szereted a húgomat? – szakította meg anya szidalom-viharát. Nem láthattam Scott arcát, de a hangján hallottam, hogy meglepődött, miközben válaszolt.

– Megmentettem az életét, mert szükségem van rá. Nélküle csak tengetem az életem. Szeretem, és szeretnék neki boldog, biztonságos és nyugodt életet biztosítani. Semmi másra nem vágyom, csak lássam nap mint nap mosolyogni.

– Nekem ennyi elég. Én leszek a világ legboldogabb testvére, ha tényleg sikerül a terved, hadnagy. Vidd el innen minél messzebb, és tedd nagyon boldoggá a húgomat.

– Mégis mit képzelsz magadról, Jan? Talán soha többé nem látjuk viszont – rikácsolta anya, mire a tesóm csak lassan megfordult, és ennyit mondott neki:

– Ha csak egy kicsit is számít neked Emilia boldogsága, akkor elengeded. Apa beleegyezne. A vak is látja, hogy szeretik egymást, ezt el kell fogadnod. Ha másképp nem megy, ahogy te szoktad mondani, nyeld le a békát.

Jan nyugodt, hideg hangját talán soha nem hallottam még ilyen határozottan csengeni. Végül is apa távollétében ő lett a családfő, így aztán szabad utat kaptunk.

Azt hiszem, nem vettem búcsút tőlük. Úgy voltam vele, ha belenyugszik édesanyám is a döntésembe, akkor majd meglátogatom. Scott és én végül összeházasodtunk, és a mai napig Bostonban élünk. Tényleg boldog életem van mellette minden viszontagság ellenére, bár megvallom őszintén – és ezt mondhatom a párom nevében is – nincsen nap, hogy ne gondolnék arra a tízéves gyermekre, akinek az életemet köszönhetem. Minden este hálát adok az égnek, hogy ismerhettem, szerethettem, és azt kívánom, bárcsak láthatná a boldogságomat.

Ami pedig Hollywoodot illeti... Befutott zeneszerző lettem, így minden munkámmal a családját és az afganisztáni háborúban elhunyt gyermekkatonák családjait támogatom, ezzel is betartva Alinak tett ígéretemet.

A szerző

Kocsis-Nagy Júlia 1992. június 30-án született
Budapesten. Bár fővárosi születésű, iskoláit
otthonától távol, Vácon és Egerben végezte.
Férjezett, a mindennapjaiban bölcsődében dolgozik
kisgyermeknevelőként. Zenekarban játszik és kórusban
énekel. Tinédzserként kezdett bele az írásba, azóta
folyamatosan alkot.

A kiadó

Aki feladja,
hogy jobbá váljon,
feladta,
hogy jobb legyen!

E mottó alapján a novum publishing kiadó célja az új kéziratok felkutatása, megjelentetése, és szerzőik hosszútávú segítése. Az 1997-ben alapított, többszörösen kitüntetett kiadó az egyik legjelentősebb, újdonsült szerzőkre specializálódott kiadónak számít többek között Ausztriában, Németországban és Svájcban.

Valamennyi új kézirat rövid időn belül egy ingyenes, kötelezettségek nélküli kiadói véleményezésen esik át.

További információkat a kiadóról és a könyvekről az alábbi oldalon talál:

www.novumpublishing.hu